ナガオカケンメイの眼

ナガオカケンメイ

メールマガジンを通じて生まれ整えられた
ナガオカケンメイのものの見方（眼）

ロングライフデザインを活動のテーマとして23年が経ちます。この本はその想いをどうしても、一緒に働くスタッフや起業した仲間、取り扱い商品に関わる取引先、そしてお店に来てくださるお客さまに伝えたくて、2012年10月から書き始めた「ナガオカケンメイのメール」というメールマガジンの中から選りすぐった約107話でつくったものです。

毎回2話と編集後記からなる僕のメールマガジン。これまでも社員向けに日記として書いたものをまとめた本として『ナガオカケンメイの考え』『ナガオカケンメイのやりかた』、そして、2020年頃から「47都道府県」の魅力に目覚めてまとめた『ナガオカケンメイとニッポン』の三部作として刊行してきました。この本はそういう経緯で言うと、もうすぐ還暦を迎える僕の集大成というか、3冊読むのが面倒な人に向けた「過去の3冊をあらためて今、ナガオカケンメイ自身が読み直して、これからの晩年をもっと気合いを入れて頑張るための本」と、言えます。

タイトルは当初、これまでのスタイルを意識した『ナガオカケンメイの想い』でした。中に綴《つづ》られたものは、まさに「僕の想い」。このまま出版される計画で進んでいたある日、いろんな意味で激動する社会情勢や毎日の生活の中で、SNSなどを通じて大切な生活や自分自身を見失わずに過ごすという現代の感覚で、「メールマガジン」を書いてきたことにあらためて気づきました。それはおそらく僕だけではは当然なくて、多くの人がメディアの大小に関係なく、「続ける」ことで積み上げていることがある。僕にとって「ナガオカケンメイのメール」はまさにそれであることに気づき、タイトルを『ナガオカケンメイのメルマガ』と変更する意味で『ナガオカケンメイの眼』としました。

メールマガジンという発信の中で見据えた、いつの時代も変わらない「ものの見方」。日々、悶々《もんもん》と考えていく中で「メールマガジン」という眼鏡をかけて考えていったからです。「考え」「やり方」「ニッポン」ときて「眼」……。やや拍子抜けしそうなタイトルですが、メールマガジンという媒体自体もそろそろ時代的に役目を終えそうで、あと5年も経てば、もしかしたら「メールマガジンってあったよね」と、懐かしむ時が来そうな予感もしています。

時代の変化はメディアを新しく生んだり、終わらせたりします。声のメディアがラジオの進化版のように登場したり、コロナウイルスによって「Ｚｏｏｍ」のようなネット間コミュニケーションが普通になったりする中で、毎週決まった曜日にパソコンやスマホに届く「メールマガジン」は、時代の陰に取り残されそうでいながらも、毎日を一歩一歩進む生活者やクリエイターにとって、世の中に発信しているふりをしつつ、じつは自分の生存確認だったりもします。そうした小さなメディアに発表し続ける人たち。日記を書いているうちに詩人になっていったり、お弁当をインスタグラムにアップしているうちに料理家になっていったり、その適度な個人感と社会性と客観性に、僕自身も、何度も何度も救われたのでした。

考えてみると、個人の呟くようなことのうしろ側が少しだけ穴が開いていて、そこから社会に漏れ出ている。多くのフォロワーを抱えていたりはしない僕にとって、また、みなさんにとって、ＳＮＳとはそういうものであることで、個人的なことを書ける。しかも、超個人的に友人に書いている感覚の中に、やはり少しだけ「社会に漏れていく」ことも理解していて言葉を多少選んだりする。その行為がじつは自然と、いつの間にか「自分」の「社会性」をつくっていったりしている。僕はどんな状態でいても「メールマガジン」についてはずっと、「発表する」という観点ではない「自分を振り返る」「少しだけ知人に聞いてほしい」「大切な人だけにしっかり言いたい」なんていう感情で書いてきました。つまり、自分の考えのようで、社会という鏡に向かって強く、やさしく、ささくような事柄。それが10年の時間で角《かど》が削られてこの本になったと言えます。

結果、誰もが思うようなことがここに多く残ったように感じますが、だからこそ、これから先の時代にも、思い出すようにたまに読んでもらえたらと。ロングライフデザイン（長く続く素晴らしいことやモノ）について、それをテーマに日々、社会や生活を見てきて笑ったり怒ったり、時にキレたりしたことを「定期的」に「書き続ける」ことで、発酵するように熟成してきた言葉の１つ１つをお楽しみください。

「D&DEPARTMENT」創設者
『d design travel』発行人
デザイン活動家
ナガオカケンメイ

1

■10年間続いたメールマガジンから107本選び出していますが、
書籍用に構成した順番で並べています。
よって、時系列が入り乱れておりますのでご了承ください。

3

4

5

6

7

気持ちのこもったことをするには、
自分の気持ちが
穏やかでなくては。

先日のクラフトコンペの審査の様子を図録にするらしく「感想を原稿で頂きたい」ということで、その時は感動し、いろんな思いでいたので「すぐに書ける」と思っていました。しかし、気がつくともう半月が過ぎ、その時の思いが薄く淡くなっていることに気がつき、慌ててパソコンの前へ。思い出せないことはないのですが、その時が１００％だとしたら、40％くらいだと思います。みなさんもこういうことってありますよね。原稿に書くとかそんなことはないとしても、その時の感動を思い出し、言い表せない。写真を見ながら思い出すなんとなくの中も、１００％ではない。

アーティストって、体験をいつも常に３００％くらいにできる才能のことなんじゃないかと思うのです。記憶もすごいけれど、それを再生する能力とアートに変換する能力……。羨ましい限りです。この原稿も、毎週書いているメールマガジンの原稿も、じつはちょっとした苦労というかコツというか、書く前に心を穏やかにするようにしています。心が、気持ちが荒《すさ》んでいると、そもそも原稿なんて書く気になりません。また、書く気になっていても「気持ち」がないと、ただの文字や文章になってしまう。本当に感謝している時の「ありがとう」と、ただの挨拶《あいさつ》的な「ありがとう」の違いのような。気持ちを穏やかにする。そういう状態を維持するって、そもそもの日常生活の「質づくり」にかかっています。

単純な話ですが、愛情溢れる感動映画を観たあとの、穏やかでドラマチックな気持ち、心の状態。そんな時は「誰かに何かをしてあげたい」とか「この感動の気持ちで何かを表現したい」と思えます。

民藝運動の柳宗悦も「心がきれいではないと、いい形はつくれない」と書き残しています。陶芸家のように形に表現する人たちも、やはり、心や気持ちがある一定の美しさ、穏やかさであることで、美しいものが生み出せる……。

さて、クラフトコンペの原稿です。その感動を思い出すために、まずは半日、穏やかに過ごしてみます。

いい上司とは、
部下を育てる意識のある人
だと思う。

今は現役を退いていますが、会社を経営していた頃、「やっぱり、人を育てることはとても重要」だと、何かにつけて思いました。いい人材を見抜いて面接で採用するということが、本当に奇跡に近い確率で少なく、そして働く人にとっても、会社とは「自分も成長する場所」だと思えないと、長く働いてはもらえません。

会社って人でできているから、1人1人の成長が、会社の成長となっている。いい会社には基本「先輩」と「後輩」がちゃんとあって、育てられる側と育てる側があり、それを通じて、会社の成長や個性がつくられている。何か部下がミスをした時など、「人を育てる意識」次第で、それへの対応が違ってくる。上司がなんでも部下に押し付けたり部下のせいにしていると、その部下も下に同じことをする。そしてそれは会社の社風、体質となっていってしまう。

だからその逆、つまり上司が部下を面倒見ながら責任は上司が取り、チャンスを部下に与え続けると、素晴らしい会社になっていく。

いい上司とは、そういう育てる意識のある人だと思うし、そういう上司に出会えないのは、本当に組織の中にいてつらいこと。逆に、そういういい上司がいてこそ、組織で会社として動く醍《だい》醐味《ごみ》や、そこでしかできないことが可能になる。

いい部下は、いい上司を育てるとも言える。そう思う。

店もそうだと思う。「その町を育てる意識が店にあるか」どうかで、おのずと店の表情が違ってくる。自分のことだけをやっている店は、どこまでいってもかっこはいいけれど、周囲との関係をつくれない。面倒なことだろうけれど、店をその土地につくる醍醐味とは、そういうものだと思っている。

川久保玲さんに会いたくて
絵描きになった話。

僕は極端に物覚え……特に人を覚えるのが苦手で、だからこそ、逆に「この人に覚えてもらいたい」と思う時は、大げさに、迷惑にならないよう、印象に残ることをしようと心がけていました。若い頃の話です。

20歳の時、どうしてもコムデギャルソンの川久保玲さんに会いたくて、考えた末、僕は絵描きになりました（笑）。もちろん会うためにです。なぜかというと「会いたい」では会ってくれないし、それを熱弁しても迷惑になる。だから「それなら少し、会ってもいいわ」と言ってもらえることとは何かと考え、「絵を見てほしいんですが」と連絡をして、「少しなら」と返事が戻って来たので、絵を描き始めました。襖《ふすま》大《だい》の絵を徹夜で7枚描き、約束の時間、場所に持っていき、通された会議室のような場所で僕は川久保さんに会いました。

「これは、どんな絵？」と聞かれたので、「これからも成長していく完成しない絵です」と、当時、言った覚えがあり、その答えは「じゃ、買えないわ」と断られた、というか、買ってもらうなんて予想もしていなかったし、絵のことは僕にとってどうでもよかったのです。おそらく、そうは言っても、ちょっと僕の絵は面白かったのかもしれません。ちゃんと見てくださいました。

今になって考えると、無謀極まりないのですが、僕を覚えてくれていなかった時や、僕がその人をまったく覚えてなかった時に、「人に覚えてもらう」ということの重要さを、この無茶な「自分ごと」でたまに思い出すのです。ポイントは「迷惑をかけない」こと。迷惑をかけて覚えてもらおうとすれば、いくらでも方法はあります。それは下品極まりないこと。

人と人は「覚えている」「印象に残っている」わずかな繋《つな》がりで人生を紡いでいきます。僕は川久保さんに描いた絵の内容は、ほとんど覚えてません。きっと、会えたあと、どこかのゴミ捨て場に捨てたと思います。何十年か経ち、僕と川久保さんは、一緒に店を出すことになります。もちろん、川久保さんが、当時の僕や絵を7枚持ち込んだ小僧として覚えているわけはないでしょう。でも、そんなことがきっかけで、僕の中に川久保さんは定着し、その何かが反応したのだと確信しています。絵を描いてよかった。

辞めない
という
"続ける"。

京都でレギュラーのラジオ番組を持たせて頂いています。このラジオは過去、何度か途絶えそうになりました。資金的な理由の時もありました。多くのみなさんからのクラウドファンディングで放送資金を集めたこともあります。そもそものきっかけは、京都の大学への勤務が決まり、ならば半ばついでに……と始まったラジオも、最初は15分くらいのコーナーでしたが、やがて1時間番組に。それも日曜の夕方という素晴らしい時間帯に。

途中、住んでいる東京からスタジオのある京都・烏丸《からすま》まで「通えない」という理由で辞めようと考えたことがありました。その時、妻が「ラジオ番組って長く続くとかっこいいよね」とひと言。たしかに雑誌の連載も、テレビ番組も「続く」ことで出来上がる価値ってあります。どれくらい「続く」といいのかはわかりませんが、なんだかスペシャルな状況になることは、自分の店「D&DEPARTMENT」のロングライフデザイン商品たちを見ていて思います。ほかの雑貨とは一線を画してあきらかに違います。

僕は自分の会社を辞めていく社員が現れるとよく、「これからが、面白くなっていくのに……」

と思います。半分は寂しく悔しい気持ちからの感情なのですが。人の出入りは、確実に変化をもたらします。そして、もう1つ思うことがあります。会社は、どこに行ってもだいたい同じだということです。

輝かしく見える会社も、今、不満に思って辞めようとしている会社も、有名も無名も変わらない。逆に、一生、1つの会社にいたほうが根太く迷いのない人生を送れるかもしれない。生きていると「無数の可能性」（無数の欲）にふらつくことはあります。

今が嫌で2年勤めた会社を辞め、憧れの会社に入社して、また、何かが嫌になって2年勤めてまた次へ。そのうち「結婚」したり「不幸」が起こったり……。よくよく考えたら人生なんてそんなにたくさんの要素はない。「自分」「家族」「友人」「仕事」「趣味」「衣食住」これくらいじゃないでしょうか。

会社を辞める人は「自分に向かない」「もっと自分を生かせる職場へ」と思うでしょう。けれど、会社なんてどこも一緒です。要するに「自分は会社を変えられる」と思っていない。会社はたった1人の社員で変わっていきます。だから、どこへ行っても、その意識を持ってじっくりと腰を据えたほうが、長い人生においてはいいように思います。まだ56年しか生きていませんが。

と、いうことで、ラジオ、続けます。担当のガッツとアリコとつくってきたものを、スポンサーのサナダ精工さんやみなさんの応援のもと、まだ見ぬ価値につくり上げてみたいと思います。

辞めるのは次のステップでもありますが、辞めないのも次のステップなのかもしれない。そう気づきました。

直感。

僕はこれまでほとんど「直感」で生きてきました。「直感」で決めないということは、人間の様々な煩悩《ぼんのう》の中で、何かの合理点を半ば無理やり探して納得させるみたいな行為になってしまう。それは別に普通なことですが、やはり「直感」で「これ！」と感じたことには、とてつもない価値とか、これまで生きてきた経験値とか目利きとか、ごちゃごちゃ考えない「素の動物」としての自分が感じられる。

そして、厄介なことですが、僕はその「直感」で決めたことを半日も経たないうちに「なんか……」と、思い直してしまう癖があります。そして、結局、最終的には元の直感の結論に戻るのです。「直感で今まで生きてきた」とかっこよく言い放ったわりには、毎回、正確に書くと「直感で決めたものを必ず疑って白紙にし、そして、また直感で決めた答えに戻る」のです。つまり、直感で決めていることになっています。この厄介なことを毎回くり返していて、やはり「直感」を疑わない自分になりたい、と、思ったりもしますが、まだまだ時間はかかりそう。

「直感」を働かせるには、それなりの試練が必要だと思います。それはオーガニックな食生活をずっとしてきた人の口に、ケミカルなものが少しでも入った瞬間の「うっ」という反応と一緒です。徹底して「眼」を鍛えていくと、「直感」がだんだん養われ、現れてきます。

大切な一生という限られた時間の中で生きていくと、「直感」の質に自分自身が反応することがあります。自分の「直感」に感動するのです。「感動」はそう簡単なことではないと思います。それを呼びこむのが「直感」だと思います。

パッと見て何も感じないのが、やっぱり寂しいことだと思います。同じものを何人かの人と眺め、自分はまったく何も感じないけれど、隣の人は声を荒げて涙を流していたりする世の中。みんなだいたい同じ生活をしていますが、感じ取れる「直感」がある人は、普通の人の何百倍も面白く人生を感じているでしょう。

いい会社には
「創業者が何をやりたかったのか」の
共有があると思います。

会社に所属するってことは、その会社の根っこに繋がっていたほうが充実します。なんでも一緒かもしれません。街づくりやお祭りのメンバーになった時なども。何かに所属する時に意識したいこと。根っこに繋がっているかどうか。

たとえば、あなたがケンタッキーフライドチキンで働くことになったとしましょう。店舗配属で何かをつくるとしましょう。「心をこめてつくりましょう」と指導されたとしましょう。どうすると「心をこめる」ことができますか。どうすることを「心がこもっている」と考えますか？　もちろん、あなた個人の人生経験から、いろいろな方法があると思います。いわゆる「心をこめる」的なことはできるのです。問題は「ケンタッキーフライドチキンの一員」としての「心のこめ方」です。

アップルストアに行くと、なんだか異様な雰囲気を店員から感じます。1人1人の様子がほかの店とはなんだか違うのです。その答えは「創業者であるスティーブ・ジョブズと繋がっている意識」からだと僕は思います。スティーブ・ジョブズと「根っこが繋がっている」。だから、仮に「心をこめてね」と、アップルストアで働くことになったあなたが上司から言われたそれには、ケンタッキーフライドチキンも同様ですが、創業者が抱いていた気持ちと繋がっていることがとても重要です。

いい会社には「創業者が何をやりたかったのか」の共有があると思います。全スタッフが、創業者が思っていたことと「根っこ」で繋がっている。すると、接客や取引先とのやりとりで「心をこめたい」と思った時、「その会社らしい〝心のこめ方〟」ができる。

会社によって「何がいいことなのか」は違います。それは「創業者」の中に答えがある。違う会社なら優先しないことを、その会社では優先したりする。前の会社では褒められなかったことを、今の会社は褒めてくれる。その価値基準という根っこに興味（つまり繋がっている）が持てなければ、「その会社らしい成長」には参加しても面白くないと感じるかもしれません。

dには僕が考えた「d photo」という写真の撮り方があります。何をして「d photo」なのかは、なかなか伝えづらいのと、どうしてそんなことをしなくてはならないのか、ならなかったのかに興味を持ってもらえないと、dというブランドをつくっていけない。dらしく経営できることで、お客さんはほかのブランドと差別化ができて、特別なものと認識してくれる。

それによって「あの店で買うよりも、同じモノならdで買ったほうが面白い」となる。それをみんなで日々つくっていくのがブランドづくりなわけで、「そのブランドらしい」こととは、創業時に集中して存在している。そこが切り離された接客やサービスは、本当に無味乾燥なそこらへんに落ちているような当たり障《さわ》りのないものでしょう。

ショップに限らず、会社の業務の大半は、どこの店や会社にもある、雑務と呼んでもいいことばかりでしょう。単純な作業や、右から左に渡すだけのこともたくさんあります。しかし、その雑務にさえ「個性」や「らしさ」を色付けすることができる。ブランドはそうやって日々、全員でつくって積み上げていった「様子」。だからこそ大切なのです。

「いらっしゃいませ」の言い方はもちろん、「どうして言わなくてはならないのか」と考えていく時、「創業者はどうして、いらっしゃいませと言おうと考えたのか」に行き着き、そこにその店の「いらっしゃいませ」があると思うのです。

dでは「ありがとうございました」とお客さんを送ることはしませんし、お客さんを「お客様」

とは呼びません。その答えは創業者である僕の中にあります。そして、それが「dらしさ」の1つだと思っています。

最後に誤解のないようにですが、「創業者がいちばん」「創業者は偉い」と言っているのではありません。「創業した理由」「創業した想い」を誰よりも創業者は持っているということです。どんな会社にも創業者はいます。どんな会社にも「創業した想い」はあります。そこで働くすべての人は、その上に日々、立っています。そこにお客さんや取引先の担当者はやってくるのです。

死ぬ気で。

遅ればせながら、あるポッドキャストにはまっています。聞くところによると、1年前からあるとのこと。あまりたくさんその内容を書くと「あぁ、今頃アレを!?」と言われそうなので（笑）、気がつかれないように書きますが、歴史的な偉人を解読していくその番組の、読み解く2つの視点が面白いなぁと思っています。

1つは「その人が活躍した時代背景」を、しっかり読み解くこと。私たちは自分勝手に日常を自分のペースで生きているように見えますが、時代の流れの中で確実に、それらに影響を受けて生きています。なので、その「社会的背景」を知らないと、唐突過ぎて面白くないのです。そして、もう1つが「なぜ、彼はそれほどまでに死ぬ気でそれを成し遂《と》げたのか」です。

「死ぬ気で」と書きましたが、この番組に登場する偉人たちは、そうした時代に生きました。そうした、とは「本当に死が日常にあった」のです。現代に生きる私たちはその名残《なご》りのように「死ぬ気で頑張ります!」なんて言ったりします。しかし、昔のように、できなかったり何かに背いたりしたことで、本当に殺されたり簡単に首をはねられたりはしないのです。そう、「死なない」のです。昔には「死ぬ気で」という言葉はなかったと思います。なぜなら、シャレや本気のたとえにならないからです。本当に「死ぬ気で」やってダメなら「殺された」からです。

そう考えていくと、現代に生きる私たちの「死ぬ気で」は、なんなのでしょうか。その番組に登場するような偉人たちは、本当に「命」を失敗した引き換えとしていました。「だからできる行動」がありました。そう考えると、現代に生きる私たちの「絶対にやる」には、自分の「命」ほど、大切というか、掛け替えのないものは引き換えにしていないともいえます。もちろん、本当に命を絶ってはいけませんし、もしかしたら、現代において「命」よりも失ってはいけない尊いものが、あるのかもしれません。

前置きが長くなりましたが、このことを自分なりに受け、自分の「死ぬ気で」とはなんだろうと思った時、自分の今の「頑張る」って、たいしたことではないことがわかりました。

そんなこんなと一日、考えていくうちに、本当に「死ぬ気で」頑張りたいことを見つけたいとも思いました。もちろん、もう、僕の活動の中ですでに、「それ級」のものがあるのかもしれませんし、この考えを推し進めていった結果、今やっている「あれ」をもっともっと真剣に取り組もうと、気づかされるかもしれないな、と、考えたりしています。

「命をかけて」が、上手くいかなかったら本当に「命」を捧げていた時代。その時代の「命」とは、いったいなんだったのだろうかと、考えると同時に、今、情熱を持って立ち向かっているのか、と、思い返しています。自分に対する問いとして。本当に死んではいけませんが、それほどに頑張っているのか。それほどに頑張りたいと思えるものがあるのか……。命と引き換えにしてでも、成し遂げたいことがあるって、すごいことだなと思いました。

その人との関係性があるなら、
自分の言葉で
思い切り話したほうがいいと思う。

自分でも「自分の言葉」で話せていない時と、「自分の言葉」で話しているなぁと感じる時とがある。先日、ある人と話していて、あまりにその人の言葉じゃなかったから、対話にならなくて指摘しました。

まるで日本の政治家のように、原稿を読むように話す。話していることには変わりがないから、その人からの発言には違いない。けれど、その人じゃない。そんなありきたりのこと、そんな一般論的な返事など求めていないのに、当たり障りのない言葉で話してくる。僕が目上《めうえ》ということもあるのでしょうけれど……と、思っていると、自分もやっているかもしれないと思いました。

その人との関係性があるからセッションしたいのに、その人らしい答えじゃないのが返ってくると、何なの？　と思う。対話って、その人との関係性で思い切り話したほうがいいと思う。

昔、所属していた会社の元上司、つまり原研哉さん（僕は原さんと呼んでいますが）から、ある日急に、「ナガオカさん」とさん付けで呼ばれ始めました。退社後ということもありますが、ずっと「ナガオカさぁ」と呼ばれていたので、その気分でいましたし、それが自分と原さんの関係だったのです。なの、でかなり寂しい気持ちになったことを思い出します。

原さんが60歳を迎えた記念の会で、僕は原さんに「原さんも歳をとりましたね」と。原さんは一瞬、ちょっとがっかりしたような顔つきを見せましたが、僕はこういうことを言える関係って、いいなぁと思うのです。ここで自分の言葉じゃないような当たり障りのない言葉を投げかけても、当たり障りのない対話で済むだけ。多少ムカつくようなことになったとしても、やっぱりその人との関係性だからこその対話になったほうがいいなぁ。あなたはどう思いますか?

やっぱり、
植物たちから学ぶことって
たくさんある。そう思う。

家の室内で一緒にいる植物たち。外から来たばかりの植物は、部屋に配置された瞬間からそこがその植物の生態系になる。翌日、床を見ると葉を落としていたりする。彼はその場所を判断して「生き続ける」ことを考え始める。そういう様子を見て、「ごめんね」とは思わないけれど、「今日から一緒に暮らそう」と、思う。人間である僕との共存生活で、彼も精一杯、「ここにいよう」「それには、こんなに葉を付けていては養分を使ってしまう」とか、考える。それがとても愛《いと》おしいと思う。

彼は元は地面に植えられていた。その土地の四季を考え、「生きていく」ためにいろんな工夫をした。ある日、大地から鉢に植え替えられ、植物屋の室内の環境に移される。でも、そこでも彼は「生き続ける」ことを考え、葉っぱを落としたり、いろんなことをして生き延びるアイディアを考え、実行した。そして、我が家へやって来た。またも変わってしまった環境について、彼はまた「生き延びる」ためのアイディアを探る。そして、大胆に葉を切り捨てる。床に葉をたくさん落としたり、ネバネバの粘着質の体液を発したりする。もしかして、死ぬかもしれない。でも、この環境で生き延びなくてはならない。だから、彼はアイディアを絞り出す。

僕が植物のことが好きなのは、こういうところだ。人間のエゴで持ち込んだものだけれど、彼らは一生懸命「生きよう」とする。そのアイディアに愛おしさを感じずにいられない。「ごめんね」とは思いたくない。地植えがいいに決まっている。でも、一緒にいようと努力してくれる（ような）、彼らのアイディアに、ハッとする。

彼らは動けない。だから、与えられた「場所」で、「生き延びる」ためのアイディアを絞り出すしかない。僕は栄養剤をあげてみる。僕は５０００円もする太陽光に近い電球で光を当ててみる。僕は葉っぱを布で１枚ずつ拭いてみたりする。僕は毎朝、話しかけながら水をあげたりする。

彼らは話せない。話しかけてきたりはしない。でも、何か一緒にここで生きようと思わせてくれるものがあって、なんとなく対話する。

彼は結果、とても小さな体になってしまうかもしれない。でも「ごめんね」とは思いたくない。一緒に暮らしているのだから。僕がこの部屋に持ち込んだのだけれど……。彼らの「生きよう」とするアイディアにドキドキしながら、やっぱり、植物たちから学ぶことってたくさんある。そう思う。

トイレを掃除したくなる店。

ちょっとタイトルが変ですが、自分の店でもないのに、お手洗いに入ったら少し汚れていて、自分がやる必要もないのに、掃除してしまったことってありませんか? 僕はわりとあります。その店が好きな店の時は、そうしてしまいます。

そんな店になりそうなとんかつ屋さんが、引っ越ししたての東神田の新事務所の近くにあります。有名店ですが、白木のカウンターがキリッとした、老夫婦が切り盛りするとてもおいしい店です。ポイントはきっちりとした仕事をする主人の江戸っ子ぶり。厳しいというよりも、映画の車《くるま》寅《とら》次《じ》郎《ろう》のような、ちょっとしたひと言が乱暴なのに愛を感じるあのタイプで、1人で行っても、常連さんと交わされる短くてスピード感のある対話には、思わず微笑んでしまいます。

こっちの顔を見て、ウインクこそしませんが、「なぁ、あんたもそう思うだろ」と言わんばかりに、チラッとニコッとする。そんななんとも言えないコミュニケーションがたまらない店で、老夫婦ということもあり、お客は自分の周りを拭き掃除したり、当然、食べ終わった食器は片付けやすい場所まで持っていったり。それに対して、お母さんが「ありがとうね」と。これも心から感謝している気持ちが伝わってくる。
　そして、この店にいると、ずっとお母さんは「ありがとうね」「申し訳ありませんね」と言い続けている。そのオーラで、食べる前から幸せな気分になるのです。

　この店のトイレにはまだ入ったことがありませんが、汚れていたら絶対に掃除してしまうと思います。自分の好きなよく行く場所、店は、自分の一部。こぎれいな店に通う自分がいることで、自分の質も向上する。そんな気分にさせてくれる店、あなたはいくつありますか？

僕は「ちゃんと謝れなかった」のだ。
そして
「ちゃんと怒られればよかった」のだ。

会社をやっていると、社員が入ってきたり辞めたりする。会社って入ってくる時は「自分の夢」や「入ろうとしている会社への考え」をしっかり持っているのに、入社したとたんにそれを実行する人は少なくて、歯車みたいに無個性になっていく。「あんなに元気だったのに……」ってたまに思うけれど、きっとこっちにも原因があって、面接で気に入って入社してくれたのだから、面接で語り合ったそういう「あなた」をお互いに思い合って働きたいものです。

で、辞める時ですが、「辞め上手」な人っています。逆に言うと「辞めるのが下手」な人もいる。「辞めるのが下手」な人ってどことなく、お互いにあとあとまでバツが悪い。

自分が何年も長く在籍していたのに、経歴の中に所属していた会社名をしっかり書けないような辞め方にしてしまう……。そんな辞め方はしてほしくない。辞め方にも上手って思うのがある。とにかく最後までちゃんと働く人だ。辞めても会社が「あの人、良かったよなぁ」と思える人であってほしいし、それは1つの言い方だけど、お互いにそう感じ合える辞め方ってのはいい。

で、書きたいのは「辞め方」じゃなくて、「怒り方」と「怒られ方」(笑)。先日、大先輩の山田節子さんに、僕らの「d47 MUSEUM」の展示の仕方について意見をもらい、ついカッとなって「僕は考えは変えません!」とメールでやってしまった……。

1ヶ月ほど経った金沢で、山田さんとなんとトークショーをすることになっていてその会場へ行く。そしてご対面。僕なりの考えがあったから強くは出たが、やはり失礼してしまったことには違いない。でもなんとなく謝るのもしゃくだ。とか思っていたら、山田さんがトークショーの最中にこの話を持ち出した。

そして思いやりいっぱいな言葉にしてくださって「わたしも勉強になったわ」と、みんなの前で言ってくれた。山田さんと僕は20くらい歳が離れている。「親子みたいなもんだからさ」って最後に言ってもらって泣けてきた。

僕は「ちゃんと謝れなかった」のだ。そして「ちゃんと怒られればよかった」のだ。

きっかけがあって、ことが起こって、対処して、詫《わ》びる。その中に、会社の辞め方じゃないけれど、そのあとの関係や自分の技量みたいなものが浮き彫りになる。「どうせ気に入らないから、もう会わないから」「どうせ、辞めちゃうから、なんと思われてもいい」と短気を起こすと、人間関係がスパッと切れる。「切ったのだから当然さ」と思っても、1ヶ月も経てばどこか後悔が残るものだ。
ちゃんと会って説明する。ちゃんと非を認めて頭を下げる。ちゃんと自分の考えを伝えにいく。
僕は本当にそういうのが苦手だけれど、山田さんに怒られて、「まだ自分が子どもなんだな」と思いました。

極端なたとえですが、たまに友だち同士や親子で喧嘩《けんか》をして殺してしまったみたいなニュースを聞くとそのたびに思う。絶対に殺したかったわけではないはず。喧嘩の仕方を知らなかったのだ。殴ったことがないから、力の加減を知らなかったのだ。

ちょっと、たとえは適切じゃなかったけれど、喧嘩は真っ当にしっかり常にやったほうがいいと思う。言いたいこともそうで、「ありがとう」だって、肝心な時に心がこもらなくてセリフのようになって口から出て、それを自分で「ちゃんとありがとうって思っているのに、どうしてわたし、言えないのかな」ってことは誰でも経験があるはず。

飲食業の始業時に「声出し」というのがあるけれど、「ありがとうございました」って言えばいいとわかっていても、声に出してみないと自分ですらわからないことはある。それはみんなの前で実際に「声に出して」みなければ確かめられない。それを営業を始める前に外食の現場では行う。そんなことは個人個人の私たちの日常のちっちゃな対人関係にもある。

あのことを指摘して注意したい。でもどう言ったらいいかわからない。相手を必要以上に傷つけたくないし指摘した自分も傷つきたくない。それがだんだん言い訳とともに、電話になったり、メールになったりして、「本当の気持ち」が伝わらない状態となっていく……。うぅ、反省。

叱るのが上手な人になりたい。そして、叱られるのもうまくなりたい。喧嘩も上手になりたいし、謝るのも上手になりたい。すべては、接客の「声出し」のように、実際相手のいる日常で経験を積まないと、空想ではうまくならないから。

会社は昔、教育の現場でもあった。そういうのを教えてくれる会社で働きたい。そういうことがいっぱいある職場でありたい。

しかし、山田さん、叱るのも上手だった……（笑）。反省。

どんな成功ブランドも、
その火種のようなきっかけをつくった
超個人がいてのこと。

ロングライフデザインをテーマに、ロングセラー商品を取り扱ってきた私たちdは、数々の長いおつき合いにもかかわらず、メーカーの戦略上やむをえず、急に取り扱いできなくなってしまったという商品、ブランドがあります。

その多くが「グローバル戦略」と呼ばれるもの。中には、ずっと芽の出ていないそのブランドを日本に浸透させる重要な下地づくりをコツコツやってファンをつくる、などをしてきたにもかかわらず、「直営に統一していくので、卸はしない」など時代の変化、成長の変化はあるのでしょうけれど、「これまでの関係性は……?」と言いたくなるような、商売の判断が残念なブランド成長の話があります。ここには、「ファンを育ててきたパートナー」を無視するような、ひどい様子があります。

最初に申し上げますが、僕の結論は、いかに世界的戦略とはいえども、様々な国で「このブランドが好きだ」という個人・法人の開拓者がいなければ、そのブランドは広まっていかなかったわけで、広まったあとに、その様子を自分本位に変えてしまうのは、いかがなものかと思うのです。やはりここは、そうした最初の開拓パートナーに対しては特別な展開を許す、というか、その人たちに敬意を持ち、優遇することが重要なのではと思うのです。

どんな成功ブランドも、その火種《ひだね》のようなきっかけは、超個人的な「そのブランドが好き」という強い思いであり、それはなかなかメーカーにはつくり出せないもの。大金を使い、イメージ戦略を展開する手前には、絶対に、個人のオタク的な「好き」の連鎖があり、その火種のねちっこさが、そのブランドの展開に役立っている。そこは、できたら無視しないほうがいいと、思うわけです。

最近、ある世界的ブランドから、グローバル戦略上、「もう、この商品はdには卸せない」と、言われた商品があります。世界的なロングライフデザインで、私たちにとっても、この商品を取り扱えることは、自社のブランドとしても説得力が増しますし、また、逆にこのブランドにとっても、ロングライフデザインを再確認し続ける相互の関係性があったと、僕は認識していました。

しかし、ある日「1点ではなく、15点以上、我が社の商品を取り扱ってもらえないのなら、今後の取引はありません」と、通達が来ました。正直、年間にそれほど売っていたわけではありませんが、「これぞ、ロングライフデザインです」と、年じゅう、つぶやいたり、大きくPRしたりしてきました。それなのに、つまり「売上重視」ということでしょう。「そんなに売っていないのなら、今後はナシね」と、きたのです。くり返しますが僕は、どんなブランドにもそのブランドの代表となるような中心的ロングセラー商品があり、それがあるからこそ、周辺の展開が可能になり、よってブランド（新旧をしっかり同時代に展開できること）になれると思うのです。極端な結論を言えば、中心的なロングセラーは、ファンのような店にある程度、委《ゆだ》ね、周辺の新商品は自社でしっかり売る。そのほうが、盛り上がっていくと思うのです。

メーカーはどうしても「自分の思うようにイメージをつくっていきたい」と、発想しがちですが、ブランドを代表する真ん中にあるラインについては、そうしたファンのような販売店と、ある程度は共存していかないと、長く続いているという客観的プレゼンテーションができなくなってきます。

自分のお金で自分を褒めるような、1970年代の広告手法はとっくの昔に終わり、今や、他人にどう純粋に褒めてもらうのか、が、ブランディングの軸になっています。メルセデス・ベンツを広めたのは「ヤナセ」ですし、フライターグを広めたのは「ジック・ジャパンの菅家さん」です。そうした「ストーリーテラー」を大切にできないブランドは、ブランドイメージはコントロールできるのでしょうけれど、「根強いファン」という人々をつくり繋げられず、ただの有名ブランドになってしまうと思うのです。

マスメディアが機能しなくなった今、ＳＮＳなどで有名にすることはできても、そのブランドを「大切にしたい」という心に火を灯すようなプロモーションはなかなか成功事例を見ません。やはりそこは人間臭い部分かと思うのです。

適当に対話する癖って
ありませんか？

最近、どんな対話の時も、猛烈に心がけていることがあります。会話の返事に「へーっ」「なるほど」を使わないことです。

もちろん、できていません。アルファステーションでの「d&radio」をお聴きの方はおわかりのとおりです。つい、「なるほど」を連発してしまいます。恥ずかしいです。僕にとってこの2つの相づちは、無知の象徴。いつも自分で言ったあと「そんな相づちしか打てないのかぁ」と、自分にがっかりします。何も返す言葉がなく、半ば無視みたいなことになってはいけないと、この2つを連発してしまうわけですが、ちゃんとした人は、この2つの相づちをほとんど使いません。

自分なりになんとか工夫して「そうなんですね」とか「面白いですね」と〝もがく〟のですが、まぁ、無知っぽさは変わりません。とはいえ、いちいち「それは、こういうことですよね」とか知ったかぶりをしても虚《むな》しい。何かオリジナルで感情をしっかりこめられる返事を考えたいところです。

目指すは心からそう思って言うこと。自分のことですが、もしかしたらみなさんにも覚えのあることかもしれません。適当に対話する癖《くせ》ってありませんか？　そういう会話の最中に出てきたことって、あとになっても思い出せないことがほとんど。結局、時間を使った出会いなのに、何にもならない……。その虚しさに今さら気づいたわけです。

みなさんも意識してみては。「へーっ」「なるほど」の2つの言葉を使わないってことを。

「良い、悪い」って
白黒はっきりつけるのは、
良くないと思っています。

最近、「良い、悪い」って白黒はっきりつけるのは、良くないと思っています。「良い食品」はあるのだろうけれど、そこから見た「悪い」が、みんな「悪い」わけではないとか、問題は「良い」って言う人がいることで、それ以外が「悪い」になってしまうことだと思います。

僕は「タバコは嫌いだけれど、急にみんなで悪者にするのは気持ち悪いこと」だとこれまで何かと書いてきました。最近、プラスチックも経年変化する味わいを感じられる素材なのではと思ってきましたが、現代社会の、プラスチック製品を悪者にし始めている感じの独特な気持ち悪さを、良くないなぁと思っています。これだけお世話になってきたモノを、急に「良くない」とするって、なんなんでしょうね。タバコを「決められた場所に吸い殻を捨てない人間のモラル」が悪いのと同様、モノには罪はないと思うのですね。そもそも「使い捨て」をやめられない人間が悪い。

理屈から「良い」っていう定義出しはできます。でも、それ以外が「悪い」わけではないし、「良い」だけが「良い」わけでもない。「良い」「悪い」を突き詰めていくと、必ず戦争になります。なってきました。戦争になるくらい、「良い」「悪い」をはっきりさせることって、ダメなことなんじゃないかと思います。

「GOOD DESIGN」って、だんだんしんどくなってきました。その考え自体が高度経済成長期感から抜けきれない企業の量産臭がする。「多様性」ってあんまり好きな言葉ではありませんが、「GOOD」はこれだ！　って決めてしまうことのダサさって、わりとあると思います。そういう意味で、「LONG LIFE DESIGN」のほうが、「GOOD」ではないぶん、奥行きがあると思うのです。

昔、グレて不良だった人ほど、大人になって人情厚い人になったりすること、よく聞きます。バッドもグッドになる。その両方があるから、世の中って成立しているんじゃないかと思うのです。

早送り人生。

最近の若者はどうやらなんでも早送り。僕もaudibleなんかの読んでくれるアプリでは何倍速とかで聴きますが、どうやら若者は映画なんかも早送りしているらしい。最近聞いた話では、1時間30分くらいある映画を10分に要約して内容も教えてくれるアプリがあるとか……。その様子を観察していたある人が「人生も早送りしていますね」と。つまりゆっくり自分の能力で感じ味わうことを放棄して、そうしたことから得られる感動を得られていないと。

考えてみると、たとえば音楽はLPやカセットの形でアーティストが悩みに悩み、考えた「曲順」や、「ジャケット」のビジュアル、そして、タイトルなんかをそのままじっくり私たちは受け取っていたように思います。発売日を心待ちにして、レコード店に受け取りに行く。家に帰ってジャケットを眺め、レコードプレーヤーに針を落とし、スピーカーの前に膝を抱えて座り聴き入る。

昔が懐かしいという話をしたいわけではありませんが、今ではネットで好きな曲だけをアルバムからダウンロード、いつでもどこでも聴けるその様子に、やっぱり言いたくなります。アーティストが死ぬ思いでつくり出した曲や歌詞、タイトルや曲順で、表そうとしていたこと。その時間をかけた行為は、昔なら、それなりの「時間」をかけて私たちの耳に届く。そのバランスが崩壊して、その様子は便利、画期的とか言われる。しかし、アーティストの1分は今の時代では1秒にもならないほど、バランスを崩している。そもそもLPのジャケットに表現していた手触《ざわ》りの世界観はもう、どこにもないのですから……。

この音楽の話はほんの一例。今を生きる大変さは計り知れませんが、そして、昔のように「ゆっくり生きろ」とも言いませんが、いや、やっぱり言いたい。つくられるものに費やされる時間と同じだけ、それを手に入れるためにもっと時間を使ったり手間をかけたりしないと、伝わってこないことってあるよね。

おいしい と感じる背後には、

必ず

「おいしそう」と感じる

工夫があります。

みなさんの、あなたの、行きつけのおいしい店はどんな店ですか？　僕の行きつけは、きれいに手入れされたカウンターとシンプルでコシのある麺の、銀座の中華そば屋。

入り口に券売機があるのですが、なぜだかそこには店主の奥さんがいて自販機を操作してくれます。丼《どんぶり》もいたって普通。主役の中華そば以外、何か特別な存在のものはありません。

僕はデザイナーをしていますから、インテリアやメニューなどのデザインにやはり目が行ってしまいます。しかし、この店にはいわゆるデザインを感じるものがない代わりに、清潔で心地良く、人のあたたかみとシンプルな味の中華そばのみがあります。いろんなメニューに悩む必要もないほど中華そばだけに意識を集中できます。

その中華そばも、ものすごく個性的なおいしさかと聞かれたら、うまくその魅力を伝える言葉が特に浮かびません。もちろんおいしいのですが、あのラーメンよりおいしいとか、比較する気持ちにはならない「これはこれ」なのです。「おいしい」を追求すると、人は「もっとおいしい」に欲望が向きます。しかし、こうした行きつけの店には、「自分のおいしいと思える気持ち」というスパイスが入店と同時に湧いてきます。つまり「おいしそう」なのです。

おいしいと感じる背後には、必ず「おいしそう」と感じる気持ちをつくる工夫があります。味の追求と同時に、「おいしそう」の追求も大切で、もしかしたら味の「おいしい」よりも難しいかもしれません。それは店主の執念。世間の「おいしい」など関係ないとする気持ち。独自に挑む様子……。

そんな独自の「おいしい」に向き合う様子という名の、ちょっとしたことが、私たちを虜《とりこ》にしていく。「おいしい」ものをそのまま出しても「ただのおいしい」にしかなりません。「感動のおいしい」を提供するには、味以外の「おいしそう」がなくてはなりません。

思い切り
閉じていく。

最近、デザイン専門誌からの取材を相次いで頂いています。気のせいなのかもしれませんが、もしかしたら僕やD&DEPARTMENTの考え方が、世の中に合ってきているのかもしれません。

僕は、仕事として企業のブランディングは「その企業の文化的意識」を感じないと受けません。それなりに時間も体力も使いますし、もっと言うと、その企業の成長がより良い日本に、世界に繋がっていかない、ただの仕事なら無駄だと思うのです。どんなに素晴らしいデザインをしても、もともとある企業意識は変わりません。よく「CIを導入して会社を蘇らせる」と、勘違いの発言を目にしますが、企業改革があり、その象徴にCIがないとそうなりません。マークを使っては改革はできません。まず、意識がしっかりしていること。そして、どういう改革をしていくか。そこに時間をかける。それからCIでしょう。

僕らD&DESIGNは、まず、D&DEPARTMENTという自分の店でその企業の商品の販売を通じて、その企業のモノづくりの姿勢、未来へのビジョン、本音などを存分に体感します。それがあって「この会社、素敵だから、もっともっと応援して、日本のモノづくりにいい影響を与えてほしい」と思う気持ちが芽生えさえすれば、予算に関係なく、「あの会社のために」という純真な気持ちで創作ができます。

さて、デザイン事務所としてこんな考えでやっていますので、今後はどんどん「閉じていく」発想でやっていきます。現在、クラウドファンディングで開業を目指す愛知県の「d news aichi agui」も、クラウドファンドしてくださった方だけが、店内に入れます。その方が連れてこられた方も。

店をやっていて思うのですが、いい店ほど「お客さん」を差別します。えこひいきします。それでいいのです。モノはネットで安く早く買えばいいと思います。しかし、店頭で接客を受けながら買いたい人は、お客としての自分も磨いてきてほしいのです。知っている人にだからこそ、一生懸命になれる。店で働くスタッフも、そこがあれば仕事という枠を忘れ、あなたのために可能な限りの誠意を持って、楽しい時間をつくり出せます。

もはや、お金が儲かるとか、そこが最重要ではないのです。

呼び捨てに
できない。

僕は人を呼び捨てにできません。今回、沖縄「浄夜」ライブで新良幸人さん、サトウユウ子さんと何度か打ち合わせ後の飲み会になった時、僕の3歳年下の新良さんはいつの間にか「ケンメイ！」と呼び捨て。僕はそれが嬉しくて、僕も……と思うのですが、とにかく56年の人生の中で呼び捨てにしている人は5人もいません。だから羨ましいのと同時に「呼び捨てにしたい、する、って、どういうことなのか」と、考えたりしました。

沖縄で「愛と希望の共同売店プロジェクト」の小林さんに案内してもらって、みんなでツアーを組んだ時のこと。ある共同売店で、おじさんが近寄ってきて「これ、食べな」と焼き芋のようなものを差し出してきたので「これ、頂いてもいいんですか？」と言うと「そういう言葉は使ってはいけない」と注意（のようなもの）をされてしまいました。

その瞬間、また、新良さんを思い出しました。「俺のことユキトって呼べ」と言われたことを。打ち合わせ後の飲み会で、まあまあお酒が回ってきていたのでその勢いかと思って、でも「嬉しい」という気持ちが心の中に湧きました。しかし、僕には、大リスペクトしている新良幸人さんを「ユキト」とは呼び捨てできません。しかし「嬉しい」という気持ちの芽生え。これはきっと「人の関係の距離」のお話なのでしょう。

形式や身分、年齢、初対面か……などは関係なく、目の前のあなたと近い関係性で関わりたい。いや、そんな堅苦しい感じじゃなくて、もっと動物的な感覚。それなのに、普通はその人との間に年齢や身分、肩書き……が入り込んで「関係」を定式化して「距離を保とう」とする。それを共同売店のおじさんは僕に言ったんだと思っています。せっかく近寄って、自分が食べているものを差し出して仲良くなろうと思っているのに「頂いてもいいんですか?」なんて……。

呼び捨ては、僕にとってとても大きなテーマ、課題です。そう言うとまた、自分で壁をつくってしまっていますが、新良さんの「ケンメイさぁ」っていう感じに、僕が「ユキトさぁ」って言えるためには、僕と新良さんの間に「世間のいろいろを何にもなくする」、たんなる好きな人と思える純真さが必要なのだと思うのです。どこかで、僕は新良さんのことを「ユキト」と呼び始めるでしょう。なぜなら、僕の中に新良さんはしっかり、人間として受け入れられていて、動物的にも大好きだからです。あーあ、理屈っぽい終わり方ですね(笑)。

呼び捨てできるって「お互いが子どもに返って遊べる関係」じゃないかと、思うのです。

つくった人を
感じられるって大切。

私たちの暮らしは、多くの道具で成り立っています。そして、その道具を愛しながら使い続けようとすると、やはり「誰がどんな思いでつくったモノか」ということを知っていることが、とても大切になります。長く使っていて壊れたりしても、「直して使いたい」と思えたり、「捨てられない」とか思いとどまるには、つくった人の思いが私たちの心にいないと、この誘惑の多い現代生活を続けるのは、大変です。それは何も伝統工芸などの、手の込んだ歴史ある手仕事に限った話ではなく、大量生産される家電などにも当てはまると僕は思っています。

そんな1つに「Dyson」の掃除機があると思います。品質や価格、アフターメンテナンスの話は置いておき、僕もかなり長く使っているこの掃除機は、モデルチェンジもやや早いし、たまに「おやっ」と思うこともあります。しかし、イギリスのプロダクトデザイナーであり、創業者のジェームズ・ダイソンの製品に対する情熱や、常に改良し続ける技術者としての彼の気配を感じると、まるで知人のように思えてきます。そして、その試行錯誤につき合っている感覚にさえなり、多少のことは「彼のチャレンジ精神」から来るものと、大目に見て応援さえしたくなります。

日本にも昔は、本田宗一郎の「HONDA」や、盛田昭夫の「SONY」がそんなメーカーとして多くの人に愛され、見守られ、応援されていたと思います。

残念ながら時代は変わり、そうした創業者はこの世にはいなくなりましたが、その方々の汗と涙を同時代に感じながら、彼らの「チャレンジ」とつき合うように暮らす。同時代に生きていることを楽しみ、彼らに注目してそんな道具と生活を盛り上げていく。こういう暮らしも、ロングライフデザイン的と言えると思います。

デザインだから形の話ではなく、考え方や意志、気配なんかも立派なデザイン。もし「Dyson」のその様子が、よくつくられたブランディングだとしても、すべてのモノが、こうあってほしいと思います。

つくった人を感じられるって、大切です。

自分の言葉で話す人は、
会話が
とってもシンプルだ。

僕は情報をベースに会話をする人が苦手です。そういうのは、学歴社会を生きてきた人たちに多いように思う。「何年にこういう人がこう言った」とか、「あの国では、昔からこうした歴史がある」とか。もちろん、その人が「経験」したことならどれだけでも聞きたいけど。

だから僕は「経験」しかないと思っている。情報も努力してその人が「調べた」ことだから、仕方ない。けれど、なんだか「そういう世の中だ」と知りながら、そうした情報を会話の中に盛ることで、自分の知識をひけらかしているように思えて嫌になる。自分の言葉で話す人は、会話がとってもシンプルだ。

多くの人の会話の中の情報はネットからかイメージ。そこには実際の経験は少ない。「知っている」という意味が間違っていたりする。情報として知っているのと、体験から身に沁《し》みて「知っている」のとでは、雲泥《うんでい》の差だと思う。ネットで適当に拾った情報を「君、知らないの?」とか言う大学の先生なんかに会うと、世も末だと思う。

僕はひねくれているので、人と話す時、「その人の対話の根っこ」を探してしまう。対話にちゃんと根元がある人は、枝葉や花の咲き方、つまり話の内容も奥深い。そういう人たちには「心のゆとり」が差になってじんわり現れる。

さてさて、自分は最近どうだろう。人との対話の中で、言わなくてもいい見栄っ張りをしてはいないだろうか。はたまた、本を読んだだけで、さもそれを会得《えとく》しているかのように話していたりはしないだろうか。これは難しい。人間の欲にも関わってくる。

「欲」って、嫌ですね。根っこがなくても花を咲かせられる時代だから、生きているからこそという大地への根の張り方をしたい。

お客が偉そうなら、
店員だって同じくらい
偉いのだ。

東

の東京に通っていると、面白い感覚になる。東の友人と「ちょっと飲もうか」となると、ほぼ、西（代官山とか恵比寿とか、渋谷とか）で、ということにならない。僕の考えが偏《かたよ》っているかもしれないけれど、東の人は、西でなんて落ち着いて飲めないのだと思う。

東の東京人にとって西は、もしかしたら東京以外で暮らす人が思い描く東京なのかもしれない。人が多く、トレンドや新しいものに溢れ、おしゃれな人たちがいっぱいいて活気がある。デザインに溢れ、アートや演芸、様々な文化的最先端がある。そんな西が嫌になって、東に通っている。

先日、鐘ヶ淵の大衆酒場「はりや」の女将《おかみ》さんと浅草で飲んでいた。いい店だった。待ち合わせより少し早く着いて、１人で先にやってようと瓶ビールを頼んで飲んでいた。カウンターの中の主人は、いらっしゃいとも、ニコリともせず、「瓶ビールください」と言っても、はい、とも言わない。顔すら見ない。「これ、オーダー通ったのか？」と思って心配する頃、栓が抜かれた音がして、瓶とグラス。そして、無言でお通し。こりゃ参ったなと思った頃に、「はりや」の女将さんがやって来て「ここのマスター、仲良しなの？」と、聞くと「うん、わたしの店の常連さん」と。じゃ、大丈夫か、という感じの出だし。だんだん言葉を交わすようになって、家に帰った頃には、メールでやりとりするようになっている。「俺は、底辺からスタートって決めてる。なんか、いつもニコニコなんて、できないし」と、面白いヤツである。ちょうど、愛知県に自分の店をつくっている最中なので、この「お客さんとの距離」は、とても勉強になる。

D&DEPARTMENTを始めた頃は、僕が店頭に立っていて、その頃、心がけていたのが「お客さんは神様じゃない」ということ。「お客さんなんだから、なんでも言うこと聞きなさいよ」という客は、とっとと帰ってもらっていました。

お客さんのほとんどは、こちらが「こんにちは」と言っても、何も言いません。これ、僕がお客になった時に、よく気づくことで、そういう僕も、言われても言わない。お客が偉そうなら、店員だって同じくらい偉いのだ。僕はそう思っている。なぜなら、店を開き、もし、お客が来なくて潰《つぶ》れたら、それは僕のせいであって、お客さんのせいではない。自分が魅力的にできなかったのが原因だから。だから、「来てくれた」という気持ち半分だけど「利用させてあげている」という気持ちが半分ある。

先日、京都のラジオに「六曜社珈琲店」の奥野さんがゲストで来てくれた時、こんな話をしてくれました。「喫茶店はお客さんの場所でもある。けれど僕の場所でもある。だから、気に入らないことは言うようにしています。それが嫌なら来なくていい。そうしないと、いい場所にならない」と。要するに、これはコラボレーションで、「ある一定のいい感じの場所」をつくるには、両者の意識が合致しないといけないのだ。

西の東京はいろんな人がいて、家賃も高いしブランド展開している店が多いから、「イメージ」「印象」はとっても大切。だから接客が「当たり障りのない」マニュアル的になっていくのは当然だ。しかし、東は「嫌な客は来なくていい」とする店主の店でもある。だから、その隙間から入って仲良くなると、とめどもない「心地良い居心地」が待っている。そんな接客をしたい。つまり、そんな店にしたい。

「あそぶ」と「働く」を
一緒にできている人に出会うと、
本当にすごいなあと思うのです。

沖縄に滞在中、我がこととして気づいたことがたくさんあります。その1つが「あそぶ」ということ。とにかくコロナの影響大ですが、沖縄の人たちはよくあそんでいます。というか、仕事とあそび、自由な時間の配分がちゃんとあって、一部の忙しい人を除き、夕方から誘うとみんな集まります。

もちろん「沖縄」に限ったことではないのです。通っている富山県の井波《いなみ》でも、やはり「一見、忙しいはずの人」が、時間をつくってあそんでくれます。おそらく、とても忙しい方々なのに、です。1つ言えることは、やはり都会は「仕事」が中心にあって、自分の時間はかろうじてあるような状態だけれど、人口が少ないところに行けば行くほどに、ちゃんとみんな、その土地らしい時間の使い方をしている。

「誘う」けれど「忙しいんだ、ごめんね」と返ってくると、残念だし、寂しい。働いているのだから当然なのですが、夕方になったんだから「あそばない?」と思っても、仕事は継続。ま、僕も東京に戻ると普通にそんな生活をしてしまいます。家賃や物価が高い都市は、結果「働かないとお金を回せない」という状況があって、でもみんなそこにいる。だから家賃350万円／月の東京の店舗を抱えた場合の働き方と、家賃3万／月の田舎物件で店をしている人とでは、「時間」の考え方が根本的に違う。そして、それは「あそぶ」ことに大いに影響してきます。

たまに「あそぶ」と「働く」を一緒にできている人に出会うと、本当に見事で羨ましく「すごいなぁ」と思うのです。その人は忙しい人に比べて、圧倒的に「しなくてもいいこと」「欲」そして「自分」がはっきりしているのだと感じます。月々20万の自動車ローンを組んで外車に乗って武装している人は、その20万円分、ほかの人より無理をしなくてはなりません。そうじゃない人は、そういうものがない。あるのは「時間」。そして、それがあるから起こること、誘いに乗ってあそべることがある。

大人になると「あそび」の内容も変わってきますが、やっぱり子どもの頃のそれと同じで「友だち」と「利益に直接ならないこと」を「時間を忘れ熱中」して「楽しむ」。もちろん飲み会でもいいのです。

僕のようなモードの人はとにかく、物価の安いところに引っ越すことがいちばん、自分を変える手段かなと思います。dも東京本店の一部がついに移転。先日、これまで支払った家賃を合計してみたら、10億円を超えていました。そして、何か物理的に東京という地から手に入れたいモノがあるのかといえば、考えたら何もないのでした。時間を使い、トレンドのそばで、人口の多い都会でモノを売ったり紹介したりしてきました。そのくり返しはなんだったのか。お客さんともあそんだりできなかったなぁ……。

数字で判断しない。

僕は、ずっと経営に関わっていた時から、「数字」で判断しない経営をやってきました。そして、これからもやっていきます。

数字で判断するということの「乱暴さ」をたまに痛烈に思いますし、そういう人が大半だということもわかっていますし、世の中、最終的には「赤字じゃダメでしょ」というのも、理解できます。しかし、そういう「数字で判断しがちな人たち」に言いたいのです。「数字での判断がダメにしてしまうことも多い」ということ。そして、そんな僕の極論は「数字を見ずに、経営が悪化、破綻《はたん》したならば、それはそれでいい」ということ。

もちろん、多くの従業員の生活などを考えると、いけないこととはわかっています。しかし、そうした「数字的判断」よりも大切にすべきことは、起業時に抱いたしっかりとしたビジョン。そしてそれを判断するのは、「数字」ではなく「感覚」だと思っています。「なんとなく元気がいい」「なんとなく儲かっている」「なんとなく方向性が合っている」「なんとなく、今、あれをしたほうがいい」……。

数字は「情報」の極論。白黒がはっきりしています。そんな「数字」の傾向から「なんとなく」を探るやり方もあるでしょうけれど、そこには、大切な細かなことがありません。

長らく数字を見ないで経営していると、普通は感じられない「経営状態」をいろんなことから感じて、見えてきます。僕はそれが「数字」よりも大切な経営者の持つべきものと信じています。日本民藝館の展示品のほとんどに解説がないように、です。

情報や、まして数字で判断するのではなく「感覚」を研《と》ぎ澄《す》ませていく。1日の売り上げをつくった「商品」に固執せず、本当に生活者に紹介したいモノを楽しく、自然に紹介していく。その結果、売り上げがつくられていく。数字の目標を立てると、そこに全員が注目してしまい、結果として単価の高い、売れ筋のモノをお客さんに勧める店になっていく。そして、そんな「目標」に対してギクシャクし始める。なんのためにこの会社に入社したのかわからなくなる……。

数字は継続のわかりやすい目安ですが、継続したいと思う気持ちが本当は別のところにあることは、みなさん知っていることでしょう。何を言っても最終的には「数字」になっていきます。だから、そうなってしまわない「夢」があるうちに、「数字」を見ない経営で突っ走って安定段階まで行ってしまいたいところです。

理想は「数字」の人と「夢」の人、2人仲良くいるのがいいのですがねー。

地。

地

ビールの「地」です。今日、歌舞伎ソムリエの、おくだ健太郎さんと話をしていて「地芝居」という言葉が出てきた。おくださんの専門領域の歌舞伎にも、地方に行くと神社などを舞台に、農民や町民が見よう見まねで、収穫などの喜びを芸能で表現する世界があり、それに「地」を付けていた。

その話を聞いていて、これからはますます「地」の時代になっていくように思いました。今、準備している（ヒカリエd47 MUSEUMで開催する）「LONG LIFE DESIGN─2 祈りのデザイン展 47都道府県の民藝的な現代デザイン」に関わっていたことで、民藝にある「作為的ではない、日常に根を下ろした健やかな量産ものづくりの中から生まれる美」ということと、この農民歌舞伎がなんだか重なって見えたのでした。

プロではない、そのことで生計を立てているわけではない踊りは、どこか野球の世界でいう高校野球、草野球にあるものを思い出す。プロ野球の年俸など何かを期待することなく、純粋に白い球を追い求める純真な気持ち。具体的な「あの人」を思いながら、改善されていく農具に見る美しさ。

そういえば、「男の料理」ってありました。いろいろ専門的に考えず、とにかく楽しくざっくりとした、雑だけれど、まあまあおいしい……。それと「地」は似ている。味を追求することはするのだけれど、大きなマーケットを追わないことで、なんとなくその土地の個性が伝わる。架空のターゲットを設定したものづくりではない、具体的なものづくり。

銀座の歌舞伎座は、チケットはなかなか取れないし、昔、あんなに気軽にスッと入れた立ち見席も、整理券を配って仰々《ぎょうぎょう》しくなった。つまり大人になったし、具体的な常連さんへのサービスではなく、不特定多数を相手にしたシステムとなった。都会で「歌舞伎」を見に行く人は、おくださんが巡り紹介する農村歌舞伎にある健やかな祈りや喜びよりも、なんとなく知的な高尚《こうしょう》さ、文化的な見識を深め文化人を目指す人が群がる見栄に近いものが、わりとあるように感じるのは僕だけだろうか……。

地踊りにはそんなものはない。ヤジも投げ銭も飛び交い、ゴザに座って持ってきたものを飲み食いする。そこには「頑張れよ」とか、「ずいぶん上手くなったなぁ」とか「あいつ、大丈夫かい」といった双方向の気持ちの行き来がある。踊っている人々はプロではなく、豊作の喜びなんかを体で示している。その一種、ぎこちなく一生懸命な踊りこそ、心から感動するのではないか……。

心が地面に根を張り、しっかりそこから芽を出しているような、土地に紐《ひも》付いた本来の姿。そんなことを思いながら、「地」っていいな、と、思いました。

やめたくなったら、
一度、
やめましょう。

お茶を習っておそらく1年。とはいえ月にやっと1〜2回。物忘れが病的に激しい僕にとって、毎回、スタート地点に戻る感じが、幼少期からの「習いごとアレルギー」を思い出させ、ここ4ヶ月くらい、「もう、やめよう」と思っていました。

稽古《けいこ》を続けるには仲間が必要だと思い、事務所のメンバー（計5人）をうまいことまんまと誘い、「d&design茶道部」を結成。結果は、全国を飛び回る僕が大きく遅れ、もう、遅れ過ぎたこともあり「無理」となっていきました。

先日「久しぶりに再開しませんか」と、声をかけて頂き、みんなの予定を調整し合い、日にちを決め、久しぶりに茶室に行きました。いざ、畳に正座し、1人ずつ濃茶を点《た》てていく中で「あれ、ちょっと覚えてる」（完全に忘れてると思ってたのに）と感じて、もしかして、これは……と思いました。そうです。体に少しだけ染《し》み込んでいたのです。

何事も「やめたい」と思ったら「やめる」までその気持ちは続きます。たいていの人や今回の僕も「やめよう」と思い、心は完全にやめていました。それもあったのでしょう。一区切りがあり、まっさらな状態でお点前《てまえ》をした際に、「おっ」と思ったのでした。続けるってこんなちょっとしたことなんだなぁとも、思いました。

若い頃、あんなに働きたかった職場、お店で仕事ができるようになり、毎日が楽しくて楽しくて仕方ありませんでしたが、数ヶ月が経ち、慣れもありますが、現実が毎日押し寄せ、嫌なこともちらほら現れてきて「やめたい」となっていきました。一度そう思うと、もう「やめたくて仕方がない」状態になります。みなさんも経験がありますよね。そうなるともう「一度やめる」しかないと思います。「やめる」という経験をしないと、「やめたくない」とか「やめなければよかった」という経験はやってはこない。

僕はこの茶道の「やめたい」から「やめた」状態を経験したことで、「続けられるかも」という経験を得ることができたと今は思っています。

素敵な暮らしをしている人は、
必要なモノを
今すぐ買わないという「我慢」がある。

自分の故郷に最近、通うように暮らし始めています。そこに自分が店頭に立つ店をつくり働いています。店は「愛知県知多《ちた》郡阿久比町《あぐいちょう》」という2万5000人くらいが暮らす「町」にあります。

そんな小さな町に「アピタ」という、いわゆる大型商業施設があります。もともとは巨大な紡績工場があった場所で、産業の衰退とともに倒産し、この商業施設が誕生。阿久比町に住む町人にとっては、町の産業が壊滅したことと、この広さが、小さな町ではあり得ない夢のような商業施設を実現させたことは、それはそれは大事件でした。

僕はなんとなく意識して避けてきたのですが（大型商業施設が苦手）、町に暮らすことになり、何かと生活用品が必要になり、初めて入ってびっくり。なんでもあるのです。なんでもあり過ぎて「これでいいじゃん」という気持ちにもなり、こうして「町の質」がつくられていくんだなぁと、思いました。同時に「自分の暮らしの質」も。

慌ただしい生活の中で必要に迫られて買い物に行く。デザインや質感などにこだわりたいはずが、時間を優先してそこに目をつむって買う。使い勝手だけが優先されたそうした手頃な生活道具が、だんだん家の中で鎮座し始め、理想の生活から離れていく。そしてそうしたモノで出来上がる生活が完成していく。そこには「理想を実現するための我慢」がないことになります。

我慢できない日常生活……(笑)。つまり、人が憧れるような素敵な深みのある生活者って、「買いたい、必要な時」に我慢しているんだなぁと思います。「とりあえず」買ってしまうと、理想のモノが手に入ったら「不必要」になり目の前から消し去りたくなります。そうしたものがリサイクル屋に、廃棄処分場に集まり「(まだまだ)使えるモノというゴミ」になっていく。

余談ですが、田舎町に暮らすことになると「MUJI」は天国に思えます(笑)。デザインがある。生活へのこだわりを提言してくれる……。そうではないモノよりも、こだわってつくられた(であろう)ことに救いを求められる。間に合わせのようでそうではないような気持ちにさせてくれる。しかし、じつは本当はそういう生活がしたかったわけではないことに、数年経って気づく。そのくり返し。素敵な暮らしをしている人は、必要なモノを今すぐ買わないという「我慢」があると思います。

メジャーの手前。

僕は、自分の店は「メジャーの手前」あたりでくすぶるように位置できたらいいなぁと、いつも思っています。「メジャーってなんなの?」と、言われそうですが、僕の中ではやはり「成立している」ことだと思います。ビジネスとして成立させようとしたら、やらなくてはならないことがたくさんあります。社会的に影響力のある規模ならば、常にその正当性を報告するようなことを怠らず、すべてをクリアに経営していかなくてはなりません。それをメジャーと呼ぶとしたならば、そうではない状態を意識してそこに止まる。やり過ぎると、もしかしたらメジャーになってしまうかもしれない、とか、思いながら。

2000年の創業時からつくってきた「サンプリングファニチャー」シリーズの代表格である「モンキースツール」があります。HONDAのモンキーというバイクの座面を使った椅子で、当初は廃棄されていたモンキーの座面を入手してつくっていましたが、中古の座面が欠品気味になり、隣にあったホンダ2輪の店から純正新品パーツを正式に取り寄せてつくってきました。

ホンダから仕入れられていたわけですから、この時点では不正はありません。そんなある日のこと、本田技研工業から「モンキーのバイクの座面を使った椅子の販売を中止してほしい」と、書面で届きました。これが僕の言うメジャーの手前です（笑）。

これを機に、きっぱりこの椅子はつくっていませんし、販売もしていません。ホンダという世界企業が、僕らという小さい小さい店のやっていることが、少し気になった。それくらいの感じが好きです。そこに至るまで仕入れられてきたということは、「よくわからないけど、量も少ないし、面白そうだからいいんじゃないの」というホンダの判断がどこかであったとも言え、そんな関係も好きです。

これまで何度もそういうことがありました。MUJIにも怒られてやめたことがあります。いろんな会社のものを「メジャーの手前」だから許される意識でやってきました。そしてたまに「君たちが聞くから、答えなくてはいけないだけだよ」ということを言う、粋《いき》な大人もいました。聞かれたらダメだって言わなくちゃいけないだろ（それが社会企業というものなんだよ）ということです。聞かずにやってしまえよ、ということなのです。

大人なのですから、やってはいけないことはわかります。でもその相手をリスペクトして、やってみる。そして怒られたら謝ってやめる。そんなことが許される大きさ、存在感のブランドでいたいと思います。

何を褒めてもらいたいか。

どんな会社でも「褒めてもらいたいこと」があります。それが「価格が安い」だけなら、ちょっと寂しいですが、品質がいい、とか、スタッフが元気だとか、デザインが洗練されているとか……。

褒めてもらいたいことって、気をつけていることでもありますよね。自分の会社のことを考えて、社会である外側や人から見てもらい、「あぁ、あの会社はここが素晴らしいな」と。そして、頑張っている（褒めてもらいたい）ことを褒めてもらうと、本当に嬉しいものです。

世の中には自分のこだわりが強くて、「自分は人と違う」という意識が高い人がいます。そういう人を見つけると、僕は初対面でも、「変なおっちゃんですね」と言います。すると間違いなく「ニコッ」とします。その人にとって「変だ」というのは、最高の褒め言葉。

そういうのが、企業にもあるとしたら、それは「人間っぽい」ということになるでしょう。僕は企業って必ず、そうした「人間っぽい」一面が必要だと思います。

なので、社長がつまらない会社は何をしてもつまらないし、社長が面白い会社は、社員を伝わって漏れてきます。

よく褒めてもらえるところがあるとしたら、それは間違いなく、その会社のチャームポイント。そこを大切に日々を過ごせると、やっぱり健やかなんじゃないかと思います。

東京のとんかつ屋「とんき」は、なんといってもチームワーク。年齢差がある厨房《ちゅうぼう》のメンバーのまるでサッカーの試合を見ているような連携力は、本当に楽しいのです。そして「おいしい」。もちろん、この「おいしい」は、そうした様子が「そう感じさせている」という部分があります。その状況を見て、私たちの「気分」が良くなったり、高揚して「ここでまた、食べたい」と思うのです。

おいしいものや店など、たくさんあります。「おいしい」だけの店は「それよりもおいしい」ものに簡単に負けます。「おいしい」や「安い」「質がいい」「清潔」みたいな、頑張ればできることには、プラスして「褒めてもらいたい」ことが必須です。

同じ家具雑貨店でも、「店員がよく情報を知っている」だけでは難しい。そこに「接客がさわやか」とか「丁寧」とかが組み合わさって、全体の印象になります。

そう思いながら、自分の店を思うと、やはり「品揃えが変わっている」と言われたいです。そして「スタッフの接客がいい」と。そうやって客観的に商売など自分のことを書き出してみる。僕の場合この2つが、D&DEPARTMENTだということになります。

活躍している人たちは、
「動物的」な感覚が
極端に研ぎ澄まされている。

これからますます「説明のうまくできないことが増えていく」と予想します。理由はそれこそうまく説明できません（笑）。でも、なんとなくわかりませんか？　そして世の中は意外と、そうした説明のうまくつかないもの、ことがありますし、そういうことを良しともしています。

僕はずっと自分のことを「運命論者」と人にも言ってきました。偶然などはほぼ、ない。とにかく自分に起こることのすべてを引き寄せていたり、知らず知らずのうちにつくり込んでいたりするんじゃないかと、生きてきました。人間界では、僕のような人間を「気分屋」とか「飽きっぽい」とか「優柔不断」とか言います。ま、そうなんです。そうやっていろんなことを、それまでの流れと関係なく瞬時に感じて判断（ワガママ？）してきました。そうしてきたからこその今があると思っています。

何かあるたびに動物的に避けてきたんでしょう。その代わりに、プライスレスな何かを得てきたのでしょう。考え悩んで決めてきたということではなく、「感じたまま考えずに」生きてきました。そんな感覚的に生活してきたことを最近、忘れているというか怠《なま》けているような気がしています。

能楽師《のうがくし》の安田登さんの「唄の習いの会」に通っていた時に聞いた話ですが、昔は石がしゃべったり、瞬《まばた》きや笑い声で人を威嚇《いかく》したり、敵を倒したりできたそうです（正義の味方が必ず笑って登場するのもその名残り）。

夜中に目をこらすとか、匂いを一生懸命に嗅《か》ぐようにする、とか。気配をちゃんと生活に取り入れるとか、時計を見ないで時間を読むとか、森と対話するとか……。活躍している人たちは、この「動物的」な感覚が極端に研ぎ澄まされていると思うのです。それは「身体能力」とかの次元ではない、何かを「察する力」。それは僕にもかろうじてまだ残っている。

会社を創業した時、僕はほとんど数字を見ませんでした。そんなことよりも、働いているスタッフやお客さんの様子で、会社が今、どんな状態なのかわかったからです。これは誰にでもあると思います。

たとえば「なんか、雰囲気が良くないな」と思ったりすること、ありますよね。その時に「ま、売り上げが上がっているからいいか」と思うか、「調子いいけれど、何かを改善しろってことだな」

と思うか。だから、なんだか人間界に面白味がなくなってくるたびに、自分に言い聞かせています。「動物に還ろう」と。

ちなみに、僕は文字修正（校正・校閲など）が嫌いです。誤字かもしれないけれど、その時間に僕という体内から出てきた勢いだから、伝えるべきは「勢い」であり、正しい原稿や文字ではないのです。この話をすると長くなるので、またいつか。

みなさんもたまには「動物に還りましょう」。

東京では
人の名前を覚えないのに……。

僕が沖縄にアパートを借りるほど好きになっていることは、ことあるごとに何度も書きました。そして、ちょっと話は逸《そ》れますが、僕は長い東京暮らしからか、腰痛に悩まされることが増え、ある人の紹介で整体に通うことになりました。面白かったのは、そこの施術《せじゅつ》の先生の半分以上が沖縄出身ということ。僕を担当してくれるリンちゃん先生も沖縄出身。そして、ふと、この整体の場所に何か不思議と思える雰囲気、気が流れていることに気がつきました。

感心したのは、そんな施術師のみなさんが患者さんの名前を見事に覚えていたこと。「○○さん、こんにちは」と、入店してくる患者さんを見つけると大きく声をかける。それをみんなで復唱するように、みんなで患者さんの名前を声に出し、教え合い、覚え合うようにしていました。

僕は人の名前はほぼ、覚えられません。そう言うとよく「ナガオカさんは会う人の数がほかの人と比べて多いから仕方ないですよ」と言ってくれます。しかし、僕はこの整体院に通っているうちに、ある1つの大切なことを思いました。

「自分がいる場所への認識」です。今、自分がいる会社や所属する店などに、自分がその場所で根を張りたいと思っているかどうか。自分の場所という意識。私はこの場所に、会社に、店に、しばらくいるんだ、という意識次第で、そこに来る人への関心が違ってきます。そういう意識の人たちが待つようにいてくれることによって、通って来る僕のような人の中に「自分が帰って来る場所」という気持ちが芽生える。

僕は長らく沖縄に通ううちに、そういう気持ちに触れ、自分がそういう気持ちになっていきました。不思議と、名前を覚えられない僕が、沖縄の人たちのことは覚えられます。

その土地にいる。その場所にいる。その店にずっといる。それが、土地、場所、店の居心地をつくっている。この整体院には、それがありました。そして、ここに働く半数以上の沖縄の人たちは、やはり、ほかにはない雰囲気をつくり出していました。僕にとって、ここは「沖縄」なのでした。

沖縄って小さな島だからこそ、「そこにいる」「今、沖縄にいる」という意識が、地続きになったほかの場所よりも強いのでしょう。もっともっと小さな離島に行くと、何か「来た！」という意識の強さ、そして、とても遠い場所に来たという感覚があるのだと思います。そんな場所に「暮らす」となった時、頭の中にその土地に根を張るイメージができて、「しっかりここで生きよう」と思い、土地に、人に対する関心が増す。そして、名前を覚え、人を呼びたくなるのです。

あなたのちょっとユニークな思考による
買い物の1つ1つが、
ユニークなまちづくりの第一歩。

コロナウイルスの影響も多大にあって、町にずっとあった店が閉店に追い込まれているようです。大手有名企業の倒産や、地方老舗《しにせ》ホテルの閉業など、ずっとあったものがなくなることについて、こんなに心がざわつく時代もないかもしれません。そして思うのです。気がつけば、というか、考えてみると、そうしたずっと昔からそこにあった店の１つ１つが、その地域、町の個性をつくり、育《はぐく》んでいたのだと。

東の東京に移り住みたいと思い始めた感情も、表参道とかの、移り変わりの激しいイベント会場のような土地に暮らす違和感だと思うのです。若い頃は、次から次へと新しい店になり閉店する状態が楽しくて仕方ありませんでした。「次は、何がくると嬉しいかなぁ」くらいに。閉店が楽しい。変化が楽しいという年齢でもなくなった僕だから、というのもあるでしょう。

変化が楽しいというのはもちろんありますが、やはり「ずっとそこにあるおいしい店」なんかが、じわっとそのエリアの個性となり、その店、そのエリアに似合った人たちが移り住んで来て、なおいっそう、エリアの個性になっていく。そして、その状況に反応して、また、そうした店が増えていく。つまり、次の時代の個性的な成長のために、踏ん張っている店をみんなで支え、育むことが、その地域をつくっていくことになるんですね。

長野県の松本みたいな場所を見ていると、そういう「点」のような店を、時間をかけて増やし、「面」となり、個性となっている様子を感じます。

自分の店の地方出店を考える時、１人開拓者気分で周りに関係なく出店するというのもあるでしょうけれど、頑張っている「点」のような店の近くに出店して、面白い「面」を目指すという未来予想図を描いていくのもいいですね。

と、いうことで、買い物は商店街のユニークな店で買い物しましょう。あなたのちょっとユニークな思考による買い物の１つ１つが、ユニークなまちづくりの第一歩なのですから。

7万円のパンツ。

僕は、服は年に2度ほどまとめ買いです。なんとなく予算が決まっていて、もう、この歳ですから、形の冒険は色の冒険ほどしません。値段は見ません。見ると値段という現実で買っているようになるので。そんなに頻繁《ひんぱん》には服は買えませんが、買う時は、思い切ります（笑）。

今回、5着買いました。お気に入りは、レディースでしたが僕にもはける白のパンツ。値段は見ませんでしたが、なんとなく予想もついていたのでそのままレジへ。トータル額を確認し、買い物終了！　さっそく自宅で試着会。ところであの白のパンツはいくらだったのだろうと、値段を調べびっくりです。7万円だったのです。

つくりはものすごくチープというか、「上質」「高級」などまったく感じません。ただ「こういうの、探してた！」とは強く思いました。もちろん「値段を見なかった」から買えたとも言えます。見た目はせいぜい、いって2万円。ベルトではなく、ビヨーンと音がしそうなゴム。体操着な感じです。しかし、この日、僕は相当ショックというか、正確には「感動」しました。これをこの金額で売る川久保玲さん（コムデギャルソン）にです。

店をやっていますので、自分の場所で売れるモノと売れないモノがあるのは知っています。どんなにロングライフデザインな照明器具でも、高価になるとうちではまだまだ売れません。人は自分が「買うべき場所」を察知します。簡単に言うと「ブランドの世界観」や「専門知識からの接客の気配」がないと、高いモノは買いません。

たとえば、うちで60万のロレックスは売れません。広告を打ち、コレクションの場所を吟味《ぎんみ》し、テーマを決め、モデルを選び、服をつくり、販売スペースの立地や内装、接客、紙袋……。すべての世界観が1点にまとまった時、ブランドの魔力は姿を現します。そして、その魔力にかかった僕は、いとも簡単に、7万円のパンツを買ったのです。

今回の場合、素材でも仕立てでもなく、「存在」（こんなのなかった）に反応したわけで、変な言い方ですが、僕はこのパンツの価値をわかったことになると思います。通常のブランドは値段と、着心地と素材と流行性などのバランスを絶妙に取っています。しかし、ギャルソンの場合、こういう服が多い。「少年のように」という名前のとおり、あそび心を高価に売っている。ここは僕らd

も目指しているところです。

遊び心を高く売るには、日頃から相当、あそんで妙なことをしなければなりません。そういうブランドの「子どもごころ」を察知し、店舗に足を運び、そこでもなお、世界観の一致を体感したお客さんは、自ら進んで魔法にかかる。それこそ、ブランドと言えると思います。と、こんな感じで熱弁してしまうほど、このパンツは僕にとってショッキングでした。

さて、自宅で試着ショーをしている僕に、妻がひと言。

「ね、下着のパンツ、透けてるよ」……汗。

人はそう簡単には変わらない。
変わるとしたら
自分で気づくことだ。

いろいろあって疎遠《そえん》になっていた『d design travel』の2代目編集長に会った。彼がその店に勤めていることは知っていた。彼のことは本当にいろいろあって頭にきていた。何号も発刊が遅れたり、原稿があげられなくて行方不明のようなことになったり……。仲間と揉《も》めたり。いろいろあった。辞めてもらったあとも、素知らぬ顔で我々の前に姿を現し無邪気にしている様子に本当に頭に来て、2度と目の前に現れないでくれと伝えてそれからおそらく4年は経った。とても問題児だった。

ある打ち合わせでクライアントが、その彼がいるという噂のカフェを待ち合わせ場所に指定して、僕はその店の席に着いてからなんとなく落ち着かなかった。しばらくして、彼の存在を発見。すると彼は自分から僕の席にプリンを持ってやって来た。

「これは、お店からです。ありがとうございます」と彼。「元気でやってるの」と僕。「お店から」だなんて、言われのない、しかし、精一杯の気持ちを、そのプリンに感じながら、心の中がやたらに熱くなった。会えて嬉しかった。いろいろあったけれど、やっぱり僕は彼のことが一緒に働いた仲間として好きだった。

彼は辞めたあとも、転々と店を変わるやはり問題児で、その噂は聞きたくはなかったけれど、風の噂に聞いた。深くお辞儀をして去っていく彼は、本当に変わった。それは誰かに強く言われたのでも、就職先に指導されたのでもない。彼は自分の至らなさに気づいたのだ。

人はそう簡単には変わらない。変わるとしたらそれはただ1つしかない。自分で気づくことだ。気づけないうちは変わらないし、人に言われたって気づけない時は変わらない。彼は見違えるように変わった。僕は彼が「自分の力で気づいた」ことが本当に嬉しかった。そして心の中でもう許そうと思った。

帰りがけに彼は再び現れて、深々と頭を下げていた。もうわかったよ。ありがとう。よかったね。

デザインし過ぎない強さ。

東京を離れる時間が長くなり、デザイン系の本もめっきり見なくなり（文献に関しては勉強していますが）、地方、田舎の昔からあるパッケージデザインなどに触れる時間が増していくと、いわゆる「デザイン」しているモノと、素人がデザインしたモノ、プロがデザインした本当によくできたモノの3つがあることに気づきます。もう少し書くと、素人のデザインにも、まったくバランスの取れていないデザインになっていないものと、素人ながら、絶妙にいい味を出しているものがあります。最近、そんなことで「デザインし過ぎない」ということに、関心が向いています。

この「デザインし過ぎない」「デザインしない」ということは、かなり前からデザイナーの間で話題になりました。デザインし過ぎるとは、別の言い方をすると「流行りのデザインをする」ということです。プロのデザイナーでも、そこに気づいていない人がたくさんいます。うまく言えませんが、整えていけばいくほど、何かに似てきます。それによって類似するものと差別できなくなり、なんとなく「似ているものがたくさんある」状態になります。

デザイナーはやはり無意識にバランスを整え過ぎ、美しく主張したい、とデザインしていきます。揃えれば揃えるほど、どうしても似ていく。面白い世界です。

今、ある飲食店のデザインをしています。昔から使っていたロゴタイプを見直し、シンボルマークとの組み合わせのバランスを整えてあげて、それで商品パッケージをデザインする、という仕事です。これまで使ってきたロゴタイプは微妙にバランスが悪い。しかし、それを整え過ぎると、前記した通り、個性がなくなってしまいます。そこで考えたのが「どうバランスをとるか」です。

ここに「その店の人格」を想定して、ちょっとあえて簡単に言うと、「やんちゃ」なのか「真面目」なのか「きっちり」しているのか「自由奔放」なのか、そこらあたりの表現の振れ幅を決めます。

日本酒ラベルの多くは書家による筆文字です。書家に真面目に書いてもらうと、中学生の上手な人の字のような、上手だけれどただの筆文字だね、ということになります。パソコンでつくり出すデザインにも同じことが言えます。なので書家は、コントロール不能な長い毛筆の筆や、左手で書いたり、小学生の息子に書かせたりしています。「字であり、字でない」ところを狙うわけです。

毛筆の世界に「ただ上手」な人と「なんだか個性的な造形字を書ける人」がいるように、コンピュータのデザインの世界にもそれがあります。ということで、しばらくはこの飲食店の文字と格闘します。

ブラントとは働くみんなの
何気ない思いやりが
ペタペタと
積み重なっていった状態のこと。

ペタペタ、僕がよく使う擬音です。なんの擬音かというと、「付加価値が積み重なっていく時の音」です。

たとえば、みんなで焼肉を食べに行くとしましょう。誰かが「ここの店、おいしいね」と言うと、これがみんなの中に「ペタッ」と貼られます。トイレに行った際、店員さんが丁寧に案内してくれたとしたら、そこに「ペタッ」と。トイレがとても清潔で整っていたとしたら、そこでも「ペタッ」と。

こうしたふだんの特別でもない些細なことの1つ1つは、「ドーン」という音とともにやってくる誕生日ケーキのサプライズではなく、本当にちょっとした気遣いからできている、かなり「ペラッペラ」な、外見だけのイメージの薄いもの。そのペラペラな気軽でなんてことのない思いは、見た目に大きな変化はありませんが、確実に積み重なっていくのです。ホコリのように。

そんな1ミリにも満たない思いやりや気づきが、1センチにペタペタ積み重なり、やがて10センチくらいの存在感になっていく。そして、その10センチは最初からはつくれそうでつくれない。

そのつくり方は、薄いそんな気持ちをペタペタ積み上げていくものだと思うのです。それは歴史であり、伝統であり、意識であり……、毎日働く人たちの本当に些細《ささい》な思い。ちょっと汚れているなと拭いたり、子ども連れの家族をやさしく見送ったり……。

僕はよく「ブランドはみんなでつくるもの」と言ってきました。ブランドは「外注したデザイナーが〝ブランディング〟とか言いながらする仕事」のようなものではなく、働いている1人1人の「ペタペタ」する意識によって多くは出来上がっています。

床に落ちているゴミを拾うことができたら、その店はブランドへと向かって進んでいける。「ペタッ」という積み重ねは人に頼んでお金でできるものではありません。そして、それができない、そこに意識を持っていけない店や会社は、ブランドにはなっていかないのです。

急げばいいってことに、
なっていませんか？

今回の愛知県阿久比町のプロジェクトの裏テーマは「焦《あせ》らない」です。焦らない、というか「急がない」です。あわてないということではなくて、とにかく「無理しない」ということ。「急がない」と決めて何かにつけ作業していると、意味もなく急いでしまう自分やスタッフたちがいました。

プレオープンも「完成させなくていい」「準備段階のままを見せる」と決めていたので、「急ぐ」必要がありません。が、急いでしまう……。世界の国の人たちはどこか「のんびり」することが基本で、そんな人たちはとにかく「のんびり」しているのでしょう。前提がのんびりなので、頼んだことも全然、納期までに収めてくれなかったり……、そんなのをたまに聞きますよね。

約束の期日通りやるってことは、どこかで「急ぐ」ことになりそうですが、この「のんびり」と「急ぐ」のバランス感覚をしっかり持っている人は、最初から「のんびりしながらちゃんとする」わけで、そんなのがいいなぁと思うわけです。要するに、計画的にのんびりするということでしょうかね。どうも「急ぐ」癖をつけてしまうと、東京のタクシーみたいに、とにかくスピードを出して走ることになってしまう。危ないです。

早めに家を出る。前の日に準備する。そんなことで、d newsも週休3日。お買い物はぜひ、週の4日間のどこかで。家賃が安いので、そういう働き方ができそうです。ま、あくまで、僕らののんびり意識の問題ですが（笑）。

その土地にある
甘ったるい馴れ合いを嫌い、
よそ者を引き寄せる
文化人になりたい。

どんな土地に行っても「変人」と呼ばれる人がいます。それは一種の「文化人」のことです。その土地に暮らし、その土地を愛し、その土地にある甘ったるい馴《な》れ合いを嫌い、よそ者を引き寄せ、強過ぎる刺激を与える人。近隣の人にはおかまいなし、ただし、同じような「文化のベクトル」をお互いに感じた近隣住民とは、徹底的に仲良く酒を酌《く》み交わす。そうやって1人、また1人と、甘ったるい馴れ合いの田舎ならではの、出る杭は打たれる風習を見事に破壊していく。超孤独を覚悟しながら、本当に1人1人、意識を変えさせていく。それはそれで、勇気と行動力、文化意識、ビジョンがないとできない。

最近、noteに「田舎の人間関係にビビるな」と題した短い文章をアップしました。もちろん、田舎の甘ったるいクソ面白くないやり方に腹が立って書いたこと。当事者はきっと「何をナガオカは突然、怒ってるのか」程度にしか思ってはいないだろうけれど、僕が興味があるのは、田舎の潜在的文化能力の向上です。その土地の風習、手順、噂、長老のヒエラルキーなど、守ったほうが結局、本当にうまくいきますよ、と、アドバイスをくれることはわかりますが、一方で、それがダメとも言いたいのです。

そうした意識の人を、みんなは「変わった人」と呼びますが、そういう人が住み着かないことの危機感を誰もわからないことの恐ろしさはある。

僕は「変人」になるのだ。地元の人が誰ひとり協力してくれなかったとしても、あらゆる手段を講じて、よそから協力を仰ぎ、実現、実行していく。そんな覚悟でいます。どんな田舎町にも、変人、変人予備軍はいる。そういう人と、頑張っていきます。

家賃と時間。

沖縄にいると、よく友人と飲みに行きます。どうして東京でできなくて、沖縄でできるかと考えると「時間」の使い方が違うのです（もちろん、僕が東京を離れている間も、東京で働いてくれているスタッフのおかげなのですが）。

夕方早めには、多くの生活雑貨店や本屋などが閉まります。事務所にいないので、働いているスタッフ間での「なんとなく残業」もない。自分自身で「もう、今日は終了」とキリをつけられる。東京など都市部はやはり「同僚や事務所の様子」に影響を受けて、「もう少し働いていこうかな」みたいなことがある。

みんなが集まるアートギャラリーや新商品発表パーティなども、ここにはめったにない。だから、行かなくていい。夜は浜辺付近をドライブする。沖縄での車は生活必需品だけど、贅沢品ではない。高級車に乗る人はほぼ、いない。そういう車で集まり、人目を気にして見栄を張るシーンもない。駐車場は本当に安い。潮風に常にさらされているので、アッというまに錆《さ》びる。

パーティがないから、妙にブランド品を着飾る必要もない代わりに、ふだんでもそういう場にも着て行けるちょっと質のいいシャツなんかは重宝する。家賃が安いから、「家賃を払う」ことに追われてしなくてはならないことがない。結局、私たちは「家賃」から解放されないと、時間のゆとりとかに到達しない。

今日はずっと朝から自宅でデザイン仕事を考えていた。昼はソーメンを茹《ゆ》でた。夜はステーキを食べに行こうと誘われている。ステーキも安い。東京から沖縄に通い始めた頃「時間の使い方」がわからなくて、なんだか焦っていた。ここにいると「時間は自分のもので、自分次第」だと、のちに気づいた。家賃が安いところでは、刺激は減るけれど、その分の「時間」が現れて、生活が意識されていった。家賃の高い東京で暮らすのは、結局「時間」を人に奪われることと同じなんだと思うのです。

情報でつくられた対話って、

なんだ？

僕はものごとの深掘りが得意ではありません。嫌いではないのですが、深掘りする人との会話は、80%くらいが情報で、しかも実際の体験に基づいていないことが多いのです。聞いたことがある、テレビで見た、ネットに上がっていた……そこにその人の「想像」（イメージ）がくっ付いている。それを聞かされてもまったく記憶にも残らない、なんてことがたまにあります。

オーケストラを聴きに毎月ホールに通っていますが、演奏者が放つ音たちは水のようにやわらかく、とにかくびしゃびしゃになります。終わったらタオルで拭きながら、夏の授業のプールのあとのようで、ボオッとしながら静かに考えたくなる。というか、考える以前に「感じて」いる。頭の中にストレートに入ってくる。

しかし、ここにも「情報を深掘りしたがる人」がいて、作曲者や演奏のことを「言葉と情報」で話したがる。それが伝わらないから、わざわざモーツァルトやベートーヴェンらは音にしているのに、それを言葉に変換したがる。意味がない。

明日、落合陽一さんの番組に出て、対談することになりました。彼はいろいろを経てオーケストラのことを「発酵した」と解釈して演奏会を企画したいようで、僕はとても楽しみにしています。しかし、それを「言葉」で対談するとなると、ちょっと話は別で、誰かのを聞いてはみたいとは思うけれど、本人と言葉が通じ、噛《か》み合うのだろうか。

もちろん引き受けたからには、楽しんでみたい。けれど、もっと（いざとなったら言葉にできるけれど）「言葉じゃない」人が現れてほしい。とにかくやって見せる人。とにかく説明しない人。いつから世の中は「説明」したがるようになったのだろう。

居酒屋などでも、どうしてお刺身や焼肉の部位の、種類の説明をしたがるのだろうか。食べておいしければ、それでいいのではないか。そのおいしかった魚の種類を教えてもらって、どうするのだろうか。その名前の魚をスーパーで買っても、そこで食べた感動になど、たどり着くはずがない。「情報」を食べているわけじゃない。ひと目惚れした女の子が「何をしている人」か、など、気になるのだろうか。先日、懐石料理を先生に解説してもらいながら食べるという教室に行きました。残念ながら、覚えているのは「面白い先生だった」ということだけで、ありがたい言葉も、料理の味も、そして大切な作法も、まるっきり覚えてません（笑）。

みなさんはどうだかわかりませんが（もしかしたら、情報は大切に書き留めて、少なくとも人に教えてあげられるように取っておくとか）、僕はいつもどうしても記憶に残ってしまったものだけを、そのまま放置しながら生きています。たぶん、落合さんが熱弁することに対しても、頭の中には入ってこない。それって僕がアホなのでしょうかね。

一流とは。

静岡の我が家を、6年前に静岡の工務店さんに建ててもらいました。概《おおむ》ね気に入って住んでいますが、お風呂場のある部分だけ、お風呂に入るたびに思い出します。

我が家のお風呂は家全体の角にあり、要するに、家全体を支える四隅の柱がお風呂の角に存在します。僕は素人ながら、この柱はこの場所じゃなくてもよかったはずと今も思っています。風呂場の（家全体の）角ではないところに柱を存在させるという意味ですが、当時、工務店の人からは「それは無理です。家が傾いてしまいます」と説明され、2度ほど、食らいついたことを思い出すのです。力学的にも、柱を角以外にズラすことはおそらくできます。完成してしまった今の様子のような、風呂からの眺めを柱で遮《さえぎ》ることはなくせたと。

僕も本業であるグラフィックデザインにおいて、クライアントが「なるべく環境にいいインクや紙でつくってください」と言われたとしたら、一生懸命に調べたりして、ベストを尽くします。しかし、ずっと環境のことに取り組み、それが半ば売りのようなデザイナーにはかなわないのです。

僕らがベストをいくら尽くしても、そういうデザイナーは常に、毎日、様々な環境的グラフィックの情報を世界じゅうから浴びるように入手している。そんな彼らの仕事と、僕らのような聞きかじりの仕事は、あきらかに表現も知識も違う。「世界的」と言われ活躍する人たちとは、つまり「経験値」が違うわけで、その分、もちろんデザイン料も高くて当然なのですが、「一般的には無理」と言われてしまうことに対して、立ち向かい、情報のネットワークを駆使して、その「無理」をそうではなくしてしまう。

だから「世界」から注目されるわけで、「一般的・常識的」な範疇《はんちゅう》でデザインや設計をしていると、簡単に「これは無理」ということで収めようとされてしまう。時間もかかってしまうし、失敗の責任も発生する。二流以下の人たちは、無難に誰かがクリアしたことを組み立てて仕事をしているようなところがあります。

僕はこの件があってから「それは無理でしょう」という建築家やデザイナーに出会うと「この人は二流だな」と思うようになりました。もちろん「二流」は悪いことではないけれど、「一流」には、あきらかなる経験値と、無理を解決しようとするネットワークと情報、そして、それに挑もうとする知り合いや仲間、そして情熱がある。自分の前に前例がなければ、自分がそれをクリアすることこそ、社会の進化に、そして、世の中のクリエイティブの表現の幅の広がりに繋がる。

そして思うのです。誰しもやる気になれば、三流や二流から「一流」を目指せる。それは学歴や賞歴を積むことでもなく、「無理」に挑むということだと思う。その気持ちと行動力があれば、一流は目指せる。誰でも。

千利休が
「どう、冬と向き合ったのか」
知りたくなりました。

映画「千利休」を観ました。弟子の本覺坊《ほんかくぼう》が主役の話。僕はこの映画にしばらく感動し、やられました。いつからどう気になっていたかわからない、もやもやしたことの答えがこの映画にはありました。

「寒さ」をどう解釈したらいいかです。この時代、電気はもちろんありませんから、夜は真っ暗で、冬は寒い。着込むか、風呂に入るか。また、小さな火鉢にあたるか、焚《た》き火をするしかないのです。夜はろうそくを灯《とも》すしかない。今は電気がありますから、多少寒くても「電気」がどうにかしてくれます。しかし、この時代にはそんな「なんとか暖めてくれる」「なんとか明るくしてくれる」ものがいっさいないのです。

千利休が過ごした時代。僕はそれが気になっていたのでした。千利休のことに限らず、物事を深掘りしたいとは性格的に思いませんが、ああいう人が「どう、冬と向き合ったのか」が、なぜか知りたかったのでした。この映画にはそうしたシーンがふんだんに出てきます、と言うか、ずっと。

現代人の僕らは「冬の寒さ」を暖かく変えることができます。夜の闇をまるで昼間のように明るくすることができます。そして、そうなって快適と言われる中で、確実に失ったものがある。それが「寒さを楽しむ」心の余裕のように思いました。

千利休のこの時代に限ったことではありませんが、昔は「冬は寒かった」「夜は闇だった」のです。それを暖かくしようとか、明るくしようという発想自体なかったのでした。もし寒い時に「暖房」とか文明の力を求める現代にいなかったら、寒さを普通に思うどころか、なんとかそれを楽しむとか、そこに美を見出すような感受性の豊かさを手に入れられたかもしれません。

買い物はある意味の「支援」や
「何かを育てる行為」でもあります。

今やモノを手に入れる方法はたくさんあります。それは新品も中古も。多くの人がネットからモノを買う時代。僕らがやっている路面店での販売は、その真価を問われながらも、路面店ならではの価値を自分たちで模索《もさく》、創造する日々です。

私たちには「なるべく安く買いたい」という買い物のポイントがあります。どんな人もそう思うでしょう。しかし、買い物はある意味の「支援」や「何かを育てる行為」でもあります。純粋にメーカーと繋がって商品を定価で販売している小さな路面店にとって、そこで買ってもらえることは、「その店」を育て応援することに繋がります。

しかし、その同じ商品が１キロ先のショッピングモールの中の大型チェーン店でディスカウントされていたら、普通ならそっちで安く買いたいと思うでしょう。さて、ではこの値引きされた商品を買うと、何が育ち、何を応援することになるでしょうか。

定価でも背筋の通った地域に根付いた店で買うとしましょう。利益追求というよりも、その町に少しでもモノを通じて豊かな暮らしを提案したいと考えているその店から買うことは、大手と違ってポイントも、ましてや値引きもありませんが、その店を通じてその周辺に暮らす人々の意識を変えている行為を継続させることに繋がっていると思います。

モノは「手に入れさえすればいい」という発想もできます。誰から買おうが、安く早く所定の時刻と場所になるべく非接触で欲しい。そんな時代ではありますが、モノを買うということは、じつはいろんなことを「育て、応援」しています。また、そんな意識を「継続」させることにも繋がります。背筋の通った店を見つけたら、なるべくそこで、隣町に行けば安く買えるモノでも、買ってあげましょう。

そのモノに込められた製造者の思いなど、じっくり聞けるいい買い物（手に入れ方）になると思います。大手よりも接客が悪かったら、叱って育てましょう。あなたにとって「ただ、モノを手に入れる」場所ではなく「モノの背景を含む素晴らしいことを手に入れる」場所だとしたら、その路面店との関係性づくりはあなた自身をも育てるでしょう。

3つの感動。

私たち人間には大きく3つの感動があると思います。1つは地球や自然からの感動。2つ目は人間がつくり出したものに人間として感動する。ちなみにそのつくり出すものの多くは「地球や自然」が大きなきっかけになっている。そして最後は私たち人間自身に対して感動すること。どれも自分の心がピュアではないと起こらない現象だとも思うのです。

感動することは自分の感動センサーを磨かないとできません。民藝運動の柳宗悦のように、情報で見るのではなく「直感」で見よ、感じよ、ということなんだと思います。情報を知ったくらいでは、せいぜい「へぇ」くらいの感想しか言えない。もっと心の底が突き揺らされる感動をしたら、何を言っているのかわからないくらいになり、もしかしたら泣きじゃくるかもしれませんよね。

ちょっと、かなりレベルを落として、僕が長らく書いているメールマガジンの話をしますが、自分で言うのも変ですが、毎週、感じたことを書いています。もう何年でしょう。自分でも「感じて考えさせられること」が起こらなかったら、書く話がなくて大変だ……と、ずっと思って生活しています。

もちろん、このメルマガをずっと意識して生活しているわけではないので、週によっては「今週のは面白くなかった」とか、「先週のはなんだかすごかった……」みたいな反応を頂くことがあります。そのためにもやはり「心をピュア」にしておく必要があります。そして、ピュアにし過ぎると、今度はＳＮＳなんかの人間同士のやりとりで簡単に傷ついたりする。そしていろいろと考え込んでしまいます。

世界で活躍する人って、ものすごい繊細な心と、強靭な神経、体力、そして、母のような愛がないといけないんだろうなぁと、思うのです。

明日来る友人のためにする掃除の
楽しさってあります。

先日、メルマガ事務局の葛城さん、金谷さんが静岡の自宅に遊びに来てくれました。静岡の自宅は最寄りの新東名「新富士」インターから約1時間。東京・渋谷からなら約2時間の距離で、「フラッと寄ってね」という距離でもないし、来るなら泊まりでという感じ。なのでたいてい、泊まって呑む。僕は基本的に人が苦手で、まして自分の家に人を泊める、もしくは人の家に泊まるなんてことは、できたら遠慮したいほうです。そんな自分が「そんなこと」すら感じずに「来て来て！」（つまり、泊まりに来て）と、言える人がいるんだなぁと、葛城さんたちといて思ったのでした。今さらですが……。それがどうしてか、どういう人がそう思えるのかは、わかりませんが、そういう人っているんだと思いました。

泊まりに来る前日の夜中、楽しそうに掃除をしている僕をよそに、ピアノの練習に夢中な妻が、僕の様子を見て「年末の大掃除よりも掃除してるね」と。それがまたなんというか、いいかっこをしたいということも含めて、明日来る友人たちのためなのでした。これをしたいか、したくないか。極論はそこにあると思いました。幸せな掃除なのです。

もし、仮に1日1組だけを泊める宿の主人となったとします。どこの誰だかわからない客には、やはり掃除も「掃除」としての業務になってしまうでしょう。でも、行きつけになってお互いに素性がわかってくると……。そう言えば、そんなことを北陸のある宿の主人が何かに書いてました。「お客さんがこちらを別荘の管理人くらいに思ってもらえると、お互いに楽になる」と。

掃除の話の続きです。妻が「定期的に誰か泊まりに来てくれると、いつも片付いていていいね」と。まぁ、呑気なことを言っていますが、実際、いつお客さんが来るかわからない店の掃除は、本当に気をつけないと「ただの業務」になって、なんだったら「適当」になる。しかし、数年前から憧れていた人が来店するとか、自分ごとになったとたん、自分もかっこをつけたいし、その人のためを思って掃除の仕方が業務的ではなくなる。

お正月をそんな静岡で過ごし、東京の自宅に帰ってきた時、その自分たち仕様に安堵《あんど》すると同時に、「ここにはお客さんは呼べない」と思いました。「2人だけの居心地」というのは確実にありますが、僕はやはり「少し緊張した場所」にいたいと思うのです。なぜかというと「デザイナー」だからです。そんなほど良い緊張感をつくり出す、続けるには、やはり「たまに友人がやって来る」くらいにしないとなぁと、新年早々思うのでした。

大きな 会社に ならない。

最近よく思うこと。今は、大きな会社を目指していた高度経済成長期の頃とは違い、小さな会社の良さ、小さな会社だからできることが注目されているような気がしています。

大量生産ということを考えても、もはやそういう時代ではなくなってきている。量をつくるとゴミもつくることになるという意識も広がったり、具体的に環境が破壊された状況を、ハリケーンとか、異常気象などの危機によって、身近に感じられる日常に生きている今なのですから……。「時間」や「量」「人との関係」「お金」などの尺度が思い切り変わってきている。なので、会社組織を考える時も、小さくてピリッと辛《から》い会社のほうがいいと思うのです。

僕の会社はアルバイトを入れても約100人。これ以上大きくなると、みんなで集まって何かをするという時に、たとえばバスをチャーターしたり、宿泊費がとてもかかったりして、みんなとの結束をつくる場が持てなくなります。

今、僕のデザイン会社は僕を入れて5名。ギリギリ車に一緒に乗れる、僕としては理想的なサイズです。お店に晩ごはんを食べに行っても、1つのテーブルを囲める。意思疎通についても、小さな事務所なので、誰が何をやっているのか、机を覗き込まなくてもなんとなくわかります。だからこそできることを、生活と仕事のメリハリをつけて行う。ますます来年もそうなっていくでしょうね。

渋谷にできた新しいPARCOの地下飲食店街が、個別に営業日を決めてバラバラに休むなど、できることを取り入れているのも、大きな館の役割と、小さなテナントのリアリティを組み合わせた今風なスタイルで好感が持てます。なんか、いい時代に向かっているように思いませんか。

掃除は人によっては
「作業」と感じる人もいるでしょう。
しかし、
「ブランドをつくり込む行為」とも考えられる。

僕はいつもそう思っています。店内にゴミが落ちていたら、そのブランドの価値は５００円くらいは落ちる。なんてこともよく考えます。ホテルに泊まって、誰かの髪の毛がベッドの枕元なんかにあったら、「泊まりたくない」くらいに思うでしょう。そのホテルが１泊５０００円のビジネスホテルなら、１０００円くらいの損失。もし、それが10万円のホテルなら、おそらく30万くらいの損失なんじゃないかと、思うのです。ちょっと計算式がいい加減ですが、たかがゴミ、されど、なのです。

「d news aichi agui」では朝、１時間掃除をします。正直、１時間では足りないので、営業時間にも気がついたら雑巾《ぞうきん》がけとか、窓拭きをします。先日、皆川明さんのお誘いで「北のクラフトフェア」という盛岡でのフェアの出展者審査会に参加ののち、フェア当日の盛岡を訪ねました。その際のトークショーで登壇したのですが、会場内からの質問でこんなのがありました。

自分の商品の値付けの話です。

「店頭で値段を言うと〝高いね〟と言われます。値下げすべきでしょうか」。たしか、こんな感じの質問だったと思います。僕が答えたわけではありませんが、僕の答えはこうです。

「つくったモノに自信があるならば、そのもの以外を意識高く整えるべき。今回言われたのは、その人がモノを見て、それ以外の環境と無意識に照らし合わせて思った結果ではないか」と。その1つが「床に落ちているゴミ」であり「中途半端な什器《じゅうき》」であり、「その時着ていた服」であり、流れていた「不釣り合いなBGM」であり、「接客」であり……。

僕も店を運営している1人として、自分が用意している環境（売り場）と合わない価格帯の商品があることは重々承知しています。

たとえば「10万円近いYチェア」を「d news aichi agui」では取り扱っていますが、多くの人は「それは、専門店で買うと思う」と考えます。そんな高額なものは、「そういう気持ちにさせてくれる店」で買いたいもの。逆に言うと、そんな椅子がとても良く売れる店とは、その椅子以外の環境に納得させるものがあるのです。そこにはきっと「ゴミ」など、落ちてはいないのです。

僕はd newsは10円のものも10万円のものも等しく売れる店でありたいと思っています。それにはどうしても「そうなるための環境」が必要です。

店には必ず「得意な価格帯」があります。それはまるで20代をターゲットに編集されたファッションカルチャー誌のようなもので、得意な価格帯のものを中心にしながら、そこに紐付けた高額品もある、という感じで無理がないのです。

しかし、d newsは子どもからお年寄りまでをターゲットにしていますので、いろんな感覚、環境が必要です。それをひと言で言うならば「普遍《ふへん》的」でしょう。

たとえば定番の「絵本」はそんな感じでしょう。赤ちゃんにも大人にも受け入れさせてしまう。そこには「独特な世界観」があり、d news はそこを意識しています。

ゴミのようなものも、10万円の椅子も等しく棚に並べて、どちらもしっかり売れるには、それ以外のことが当然重要です。それは「シャレ」であったり「粋」であったり「笑い」であったりする。同時に「清潔」であったり「結果としてしっかりしている」であったり……。

それにはまず「掃除」をしなくてはなりません。汚いとそこにすらたどり着けない。「キレイにしてある」というのは、基本中の基本なのです。掃除は人によっては「作業」と感じる人もいるでしょう。しかし、「ブランドをつくり込む行為」とも考えられる。隅々まで掃除が行き届いていることで、その店や会社の印象の基礎が出来上がる。

先ほどの人の質問に戻りましょう。「店頭で値段を言うと〝高いね〟と言われます。値下げすべきでしょうか」。

隅々まで「その値段」に見合うこだわりをする。もちろん徹底的に清潔にもする。そうすると、そこに「ここで買ってもいい」「ここで買うのがいい」「ここで買いたい」「ここで買いものをしたら、気持ちがいいかもしれない」と、思い始める。

「高い」と思わせたのは、まず、そのモノづくりが安っぽくないという前提で言いますが、「そのモノ以外が安っぽい」のでしょう。

ブランドと感じたり、呼んだりするモノは、場所や環境に「ブランド意識」がある。そして「掃除」にも「ブランド意識」があるのです。掃除を作業だとしか思えないアルバイトは、給料が上がらなかったり、正社員に昇格できない理由が「自分の掃除に原因がある」と意識できない人だと思うのです。自分の働く店が汚いのは、意識の低いテキトーな客を呼び寄せ、意識の高い客はそもそもそこには来ない、か、2度と来ない。店はもしかしたら廃業に追い込まれる。それでも、そういうアルバイトは、自分のせいだとは思わないし、思うことができない。

飲みの席とはいえ、自分の会社の悪口を言うようなもので、それは当然、自分に降りかかってくる。そんな悪口を言いふらしたくなるような店でその人は働いているのだから、結果として何かが良くなるはずがない。ちょっとしたそんな「悪口」は、床に落ちているゴミと一緒だ。

気づいているのに、自分の店の、会社の、職場のゴミを拾えない・拾わないというのは、会社の外で自分の会社の悪口を言いふらす行為と一緒だと思う。

話を大きく元に戻しましょう。

掃除の最大の醍醐味は「見えない場所をキレイにする」ことだと僕は思います。それは結果として何がキレイになるかと言うと、「心」。

あの誰も気がつかない場所をわたしはキレイに掃除した、ということが自分自身にどれだけの影響を与えるか、少し考えてみてほしい。

さて、掃除はやり始めるとキリがない。それでも確実に1箇所1箇所をクリアしていこう。カフェなら、1つ1つのテーブルや椅子をしっかり移動させる。店なら可能な限り什器を動かして。

それができないのなら、定期的にそういう日を決めて必ずキレイに。可能な限りは「拭き掃除」を。または「拭き掃除をするような気持ち、の、掃除を」。

雑巾はこまめにキレイな水ですすぐこと。なぜなら、汚いまま汚い水の中ですすぐと、汚いままの雑巾で拭くことに。結果、拭いた場所は少しずつ「汚く」なっていくのだから。

最後に、自分に対しても書き残したい。まず「掃除は作業ではない」という気持ちを持たないと、どこまでいってもめんどくさい行為にしかならない。しかし、「1箇所1箇所の掃除が、自分の人生を整え、心も磨いている」と思えた時、その店や職場、会社は扱っている商品やつくったものたちの価値に影響を与え始め、売れ始め、結果としてあなたを幸せに導く。

ちなみに、僕はカフェの足元を掃除するのが好き。足元のテーブルの付け根や椅子の足が汚いと、雑な気分になるから。そこがキレイなだけで、「いい店だな」と、思う。そんなところを毎日、拭き掃除することは大変手間だから。

テーブルの上はもちろん、足元を。

地球人の
デザイナー。

ニューヨークのパーソンズから「ロングライフデザインを授業で話してほしい」という依頼を受け、Ｚｏｏｍですが１枠、授業をすることになりました。いつものように話そうと思って、スライドを整理していて思いました。デザインはすでに「資本主義社会」のものから「環境破壊される地球」のものとして考えないとシャレにならない。いまだに、業界的な価値評価や、ましてや有名デザイナーによる……などトレンドの中で語っている余裕はない。

デザイナーはもう、多数必要ないし、職業としてデザインに関わることは、すでに地球の危機を背負った発想をできることが基本になりつつある。つまり、人間として人間に向けてデザインをする時代から、地球人の意識を持って地球と相談しながら物事を考える時代になっている。その観点から「ロングライフデザイン」を考えると、やはり「基本的にはもうモノはつくらない」。特に「安くつくり、安く売るモノはやめていく」必要を感じます。

自分がなんとなく導かれるようにたどり着いた「民藝」「祈り」というキーワードにも、理由があると思っていますが、最近、書店に並ぶ多くのそうした「地球の危機」に関する本を読んでいても、「こんな状況でデザインするって、デザイナーって何をすべきなのだろうか」と思うのです。おそらく、日本ではない外国からのこの依頼がなかったら、具体的に俯瞰《ふかん》で、自分やデザインについて考えもしなかったと思います。そして、次なるテーマが見えてきて（かなり遅過ぎますが）、「経済発展を遂《と》げず、自然を破壊せず」というデザインとはなんなのか、考えてみたいと思いました。

つまり「人」を通じて
「実感」するんでしょうね。

九州の小倉の小さな、なんていうんでしょうね、現代版ビジネスホテルというか、若者向けの安宿と言うのでしょうか、そんな感じのコンパクトな宿に泊まったことがあります。デザインをいろいろ頑張っていて、お世辞にもセンスがいいとは言えないんですが、小さなフロントでの応対の最初から、何か感じるところがありました。

常に床材とか部屋にある備品とか、アメニティのグラフィックとかに目が行くのですが、それらはとっても安上がりな感じで、いつものように採点を勝手にしたりして、まぁ嫌な客なわけですが、うーん、45点かな、とか思っていました。

部屋に小さなカードが置いてあり、それもまぁ、センスがいいとは言えないのですが、手書きでメッセージがありました。その人の気配を感じた瞬間、この小さなホテルに「人格」を感じて、急に受け入れるわけです。「あ、そうか。わかった」みたいな。最初は「なんなんだよ」くらいに何かを探すんです。みんなそうだと思います。探しているのは「人の気配」だと思うのです。そして、次に「その人の人格」を見ようとする。それが見つかると、すべてのことを「その人の人格」に基づいていることとしてなぞらえていく。フロントの接客とか、1階にあるカフェでの応対とか……。

逆に徹底的に「人の気配」を出さないようにするサービスもあります。中途半端に出すくらいなら、マニュアルどおりにやってくださいと、従業員をロボット化して、面倒なトラブルを起こさせないようにする。

このホテルにあった、たった1枚の手書きのカードに、僕は人格を発見して、そのキャラクターを想像し始める。要するに、いいホテルなのかもしれないなと、僕は思っていくわけです。

いいホテルや店は、それを意識していると思うのです。人が利用するのだから、「人」として対応しようとする。オーナーの人格をそのまま出すホテルや店もあるでしょう。「それを感じてほしい」とスタッフ側も思うのでしょう。そういう「人」だからこその対話があって、何もかもがある。そういう考えを基礎にする。あぁ、自分は「人」を探しているんだなぁと、思いました。

沖縄に行くと、なんか狭い島の、そして、みんなが繋がっているような気配を感じ、つい隣り合った知らない人に話しかけてしまう。そういうことってないですか？　島に、沖縄という場所に

「人」を感じたのです。そういうことをしてもいい場所だということを感じさせてくれる。なんでしょうね。逆に東京にはそれがない。だから僕は東の東京に通うんだと思うのです。

かっこいいツンデレのようなレストランのおいしいだけの食事もいいのですが、やっぱり「人」くさい場所にたまには行きたくなります。汚くてうまい居酒屋は、つまり「人」がプンプン感じられるということだと思うのです。

手書きのカードなんて、なくてもいいんです。でも、書いて置いた。何気ないことですが、そこに反応した僕は、このホテルが想定したお客の枠に当てはまったんだと思います。

人は生きていて、やっぱり「生きている手応え」を感じたいのでしょう。それには2種類あるように思います。「他人から感じる」か「自分で感じる」か。つまり「人」を通じて「実感」するんでしょうね。

地元のことは、
その地元でしか、
考えられないと思います。

沖縄に行って東京から持ってきた仕事をしようとしても、結局、はかどらない。という話です。

処理という観点で仕事をしているのならば、それは割り切って頑張れますが、本当にその依頼された会社のことや、自分の店のことなどを考えようとする時、やっぱりメールやＺｏｏｍの打ち合わせに無理、限界があるように、東京の仕事は東京で、そして、沖縄に行ったら「沖縄の仕事」をするのがいちばんいいなと、ここ、阿久比町に来て、阿久比の仕事を毎日やっていて思うのです。阿久比のことは、東京では考えられなくもないですが、考えないほうがいいと、思います。

やはり、「その土地にいる」ということは、想像をはるかに超えたパワーがもらえます。自然環境から食べ物、会話、仲間、起こることすべてが「その土地らしい力」だからこそ、そうなります。「どこでもできる」時代ではありますが、「どこでもはできない」のです。そこが基本だと思うのです。

阿久比にいて、阿久比の仕事を終え、ふと、みんなで飲みにいく。居酒屋で隣り合わせる他人も、その土地周辺の何かを背負っている。阿久比には六本木にいるような人も、浅草にいるような人もいないわけで、だからこその雰囲気がつくられている。異国の地にお邪魔して仕事をする時、その土地にないスピード感や感覚は持ち込まないほうがいい。持ち込むべきは「その土地が求める進化へのこだわり」であり、よその土地のやり方ではうまくはいかないと思うのです。

先日、沖縄にリゾートホテルをつくろうとしている人と話していました。その人の頭にある前提は「沖縄の人たちを活性化しなければ、高齢者が増えて、衰退していく……」みたいなことでした。おそらく沖縄に昔からいる人たちは「活性化」など、してほしいとはまったく思っていないでしょうし、よそ者のその人には、沖縄のことはどこまでいっても理解できないでしょう。もともと地元で生まれ、外に飛び出し、大人になって戻ってきた人を探し出し、その人たちがやりたいことを手助けする。それくらいが限界のようにも思います。

阿久比はどこまでいってものどか。こののどかさは、変えてはいけない。それは、育った僕だからわかることなんだと、思うのです。

オーナーの存在。

今回、『d design travel』黄山号のロケハンを兼ねて、いくつかのホテルなどに泊まりました。その中で歴史的な村の池のほとりにあるホテルが大変気に入りました。ポイントはオーナーの立ち居振る舞いです。チェックイン後に彼女は、フロントで自分がこの土地を好きになった理由を話してくれ、そして、村人との関係性をつくり、今の土地を獲得できた経緯も話しながら、周辺を案内してくれました。

途中、案内トークは住人から声をかけられるたびに中断するのですが、その声は、彼女がいかに村人に信頼されているかを感じ取れる、自然な感じでした。急《せ》かされることなくのんびりと。

途中、つまみ食いを楽しみながら回り、ある大きな歴史的建造物の前に来ると、警備員が「待ってたよ、遅いから、早く入って」と。どうやら中に入る予約をしてくれていたようで、約束の時間を少し過ぎての入館で、中には誰もいませんでした。とても特別なおもてなしを感じました。

ホテルまでの道のりをゆったり一緒にそのオーナーと話しながら帰り、食事の時間も、世話をしてくれました。

ずっと子供服のブランドを経営し、夢のホテル経営者になった今の、止まることのない学びと改善の日々を楽しく語ってくれました。その会話の中で、こちらのスタッフが「やはり、女性経営者のホテルは居心地がいい」という話になり、「世の中のホテルのほとんどは男性的」だ、との話も出ました。ここであらためて、たしかに、今はなき栃木県・那須の「二期倶楽部」に通じるこのホテルのおもてなしや、部屋のタオルの配置、バスタブ周辺の様子など、男性目線ではないのかもしれないな、と感じたのです。何より、母のように接する愛を感じる接客に、すべての備品、サービス、仕掛けに彼女を感じました。

池の真ん中には大きな木があり、その下に大家族が大きなテーブルを囲んでいました。あとで、たわいもない会話の流れから「あの大家族はどこから来たのか」と質問した答えは、「あの人たちはみんなバラバラのお客さんよ」と。これも彼女のやわらかな接し方によって出来上がった共感のコミュニティだと思いました。

部屋は正直、完璧ではなく、掃除がしてない部分やいろんなツッコミどころはありましたが、彼女のことを思うと、そんなこと、どうでもよくなりました。それどころか、自ら掃除をしている自分に少し笑いました。

あとから聞いた話ですが、彼女は僕らのスタッフの１人が村人に対して態度が悪かったことを注意していたようでした。つまり、お客に説教をしたのです。おそらく、説教なんて感じではないと思うのですが、とても勇気と愛のいることです。「この村には、いいお客さんに来てほしい」という気持ちからでしょうか。とても感動しました。そうした気配をいっさい感じさせることなく、振る舞っていた様子も含めてです。

いいホテルは、その土地への愛を持つオーナーによるところが大きい。いい体験でした。

デザイン→民藝→自然（地球環境）→農業。

僕が民藝に興味を本格的に持ったきっかけをつくってくれた「水と匠」の林口サリさんと、富山県・南砺《なんと》市を巡りました。そもそもは「d news」を、富山の田んぼしか見えないようなところでやりたくて、物件を探してくれた方とみんなで内見することになりました。「せっかくだから、翌日、時間があったら農家さんを巡りませんか？」という、昔の僕だったら（めんどくさそうなので）「結構ですぅ」と、言ってたであろうことでしたが、林口さんの誘いにはいつも何かがあるのでついていくことに。

自分の話になりますが、18歳から35歳まではいわゆるクライアントワーク、企業からの依頼で仕事をするグラフィックデザイナーでした。35歳あたりで「建築に国家資格がいるのに、なぜ、グラフィックデザイナーにはないのか」ということに興味が湧き、「自分というデザイナー」よりも「社会とデザイナー」に関心が湧きました。

同時に「グッドデザイン賞」などにも興味が湧き、どんどん「デザインって結局、トレンドとセットで消費されていく象徴だよな」と感じるようになり「いったん、すでに世の中にある長く使い続けられたものを〝デザインの正解〟と見なして、勉強（自分なりに）してみよう」として、ロングライフデザインをテーマに「D&DEPARTMENT PROJECT」を立ち上げました。

そして、47歳の時、伝統工芸のことを「あれ、これこそDESIGNと呼ばないとダメじゃん」と見るようになり「DESIGN BUSSAN NIPPON」（松屋銀座）を企画し、渋谷ヒカリエ「d47 MUSEUM」を立ち上げて、伝統工芸はデザインだ！　となり、結果、47都道府県の長く続く個性だけをデザイン目線で紹介する『d design travel』を創刊したわけです（現在29都道府県が完成・残り18号）。

そして、地域の伝統的なその土地の風土などから生まれたものに関心が深まっていった時、富山で開催された「民藝夏期学校」に参加し、林口サリさんと出会い、民藝をずっと勘違いしていたことに気づきめちゃくちゃショックを受け、民藝の未来に興味が湧いてきました。

時代はSDGsなど、持続可能性や自然環境などを企業が取り入れ始める頃。みんなが「禅」と「マインドフルネス」をごっちゃにして勘違いをしている時代（禅はすべての欲を捨てるが、マインドフルネスは欲をコントロールする）。民藝への関心は、じつは「心の美しさ」への関心であったのでは、と思うようになりました。

民藝運動はお寺から生まれた「宗教美学」。よく「機能美」とか言い換えられてしまっていますが、それは柳宗理からの言い方。「心が美しくないと、美しいものはつくり出せず、美しいと感じることもできない」。民藝運動の創設者の柳宗悦は「現代社会において、もはや美しいものをつくるのは、難しい」と著書の中で言っています。それは「創作の環境」のことでもあり、創作者の精神的な環境のことでもある。そして、創作者たちを中心に、都心から離れ、自然環境の豊かなところに拠点を移したりし出す。そして、また新たに思うのです。「そこで取れるものでつくり、そこに来てもらって手に入れてもらう」無駄にエネルギーを使って輸送させるのではない考え。私たちは「お取り寄せ」的な感覚で、「モノ」を「エネルギー」を使って移動させていますが、これも社会的には長く続かないでしょう。

僕は最近、沖縄に通い住みながら「沖縄の酒、泡盛は、沖縄で飲むからうまい」ことを痛感しています。泡盛みたいな特徴のあるものは、やはり、その土地の様々な事情、環境によって発想され、つくられています。「その土地で取れたものは、その土地に行って楽しむ」というのが正しいというか理想的。特別なものを遠くから取り寄せて「特別」として味わうのも否定しませんが、そうした思考こそが、結果的に「環境負荷」を引き起こしている。そして、このタイミングで林口さんにより、南砺市で完全に近い自然栽培をしている農業の若い方々と出会い、その現場を見学に行きました。

水は農業用水を使わず、車で10分ほどの湧き水を毎日汲《く》んでいました。そして、堆肥《たいひ》は城端《じょうはな》別院善徳寺の落ち葉を根気強く回収して、とにかく周辺のものを回収してつくられていました。それは見事な循環でした。特に「お寺の落ち葉」というところが、心にジーンと響きました。

僕はここの土地にd newsをつくり、この方々の取り組みに参加するような宿をつくりたいと思いました。そして、物件を探し見つけたのでした。雪のこと、そして、クマが出るということで少しビビっていたところ「クマはね、どこにでも出るよ。みんな、クマのせいにしがちだけど、クマの生活を考えてあげる。つまり、クマが私たち人間の生活圏に現れなくてもいい森づくりを人間がしてあげればいいだけだよ」と。ちゃんとした自然環境に戻しながら、町に収益をもたらすということにおいて「農業」や「林業」は、とても重要かつ、すべてに繋がっていると学びました。

元気な人。

何か、ちょっと勇気や勢いが必要な「何かを始める時」ってありますよね。1997年に本郷三丁目に会社を立ち上げた時も、そばに菱川勢一と飯野圭子の2人がいてくれて、結局、3人で起業したなぁ。僕はそういう役には全然なれないけれど、そういう人の必要性は、本当によくわかる。

もっともっと言えば、「元気」のある会社に人は集まり、元気がなくなっている会社なんて、どんなに業績が良くても、人はそこにいたくはないもの。仕事ができるとかできないとか関係なく、なんだか元気な人っていますよね。人に限らず、町には、県には、国には、「元気な企業」があると、本当に周りに元気が伝わり広まっていく。

「d news aichi agui」の立ち上げは、チーム愛知という「元気チーム」がいました。何かマイナスなことが起こったら「みんなで頑張ろう、なんとかなる。なんとかする！」と言ってくれました。そのおかげで今、プロジェクトは進んでいます。

ちょっと昔の自分仕事のことになりますが、日本の原点商品が集まるブランド「60VISION」を考えた時も、カリモク家具の山田さんがそんな人で、山田さんもカリモクさんも、とっても真面目な人、会社なのですが、とにかく「前に進む」ということに執念を燃やして「やってみましょう」と一緒に進んでくれました。

それ以来、僕は何をする際にも、そばに「元気な人」にいてもらうようにしています。ＦＭ京都アルファステーションのレギュラー番組にもガッツとアリコという元気な２人が、商品部には重松さんが、D&DESIGNには高橋恵子が、ｄ日本フィルの会には、山岸さん、川田舞さんが……。

これは僕に限った話ではないと思います。やっぱり、いつでも「元気」って大切。「頑張って！」って言ってくれる人って、じつはとってもとっても、とっても大切。です。

想造力。

愛知県阿久比町のプロジェクトを進めながら、隣町からの土地活用の提案を受け、それが一気に頭の中で絵になり、1つ1つにどういう仲間が関わってほしいかが浮かび、どうやってそれを実現化できるかを思考し始める。

僕は昔からそういう「妄想」が好きで、そこに対して詐欺だとかイカサマだとか、また言ってるとか、絶対に無理とか、言われてもなんとも思わない。「できる」としか思えなくなる。僕はこの「想造力」をいつなん時も意識しています。最近の意識は「それが弱くなる恐怖」です。わかりやすく言うと「できないかも」と、少しでも思うこと。自分にとって、それは自分を否定することであり、自分の中にもう1人の反対者という厄介者を生むことになり、いちいち、そいつと対話して話の精度を高めなくてはならないというめんどくさい現実。

その最たるものが「企画書」です。僕はここ数年、企画はしても、企画書はつくっていません。もちろん、自分のアイディアを文章にして読んでもらって伝えるなんてことは、絶対にしたくないし、してきませんでした。なぜ、大人になるかというと、企画書なんてものを書かなくてもどんどん企画を進められるような状態にしていけるからと、考えています。これも一種の妄想でしょう。

社長の松添が、何かプロジェクトの種をもらってくると、僕に「絵を描け」と言ってきます。最近の僕の妥協案、つまり、企画書は書かないけれど（企画書は書きたい人、書ける人に任せる）、「企画書のようなもの」を意識して配置図なんかにしています。今の僕にとって、この絵のようなものが「浮かぶ」かどうかということが重要になっています。なんだか占い師か、沖縄でいう「ユタ」のような気分で「こういう話があります、こんな建物です。平面図はこれです」など、何か面白いことを考えて絵にして、と、言われるわけです。

そこから僕はその配置図、建物を頭の中に取り込み、そこに僕は立ち、楽しいことを考える。それができなくなってきているように思うのです。これは一大事です。

最近の興味は「なぜ、僕の〝想造力〟が落ちているか」ということ。逆に言うと、今の若い人たちのような、次々と湧き溢れるように発想が生まれるって、どういうことかなぁと、興味は尽きません。なんか、支離滅裂ですが、こんな最近の僕です。

無償の思いは、
欲の果てに現れる。
そんな気がします。

スタッフと一緒に会社にいると、職場への思いの「種類」を感じます。働いている会社自体が好きな人もいれば、その会社で与えられた業務のカテゴリーが好きな人もいます。お金になればなんでもいい人もいれば、この時間からこの時間、この曜日だけという条件で働いている人もいます。「お金は要りません、ここで働かせてください！」と、たまに言われますが、結局、そういう人も働いていくうちに見えてくるものは、前の職場とさほど変わらない。どんな仕事でも会社でも、さほど変わらないものです。お金は要らないわけはありません（笑）。

何かのテレビ番組で、ある職場のアルバイトの人の「辞めなかった理由」を聞くシーンがありました。その理由は「一緒に働いている人が良かったから」と。極端に言うと、職種でも給与でも時間などの条件でもなかったわけです。楽しかったのでしょう。

僕もたくさんのアルバイト、社員経験を経て、結果として自営の道を選びました。僕の場合は「この仕事が好き」という前に、「自分の好きなように働きたい」という気持ちが強かったのでした。そして思います。「働くには強い根っこがあったほうがいい」。それは、自分の会社を持つ、ということでもいいし、地球を救いたい、でもいい。絶対に外せないことを常に意識する。それがない人は、まずそれを探すように働く。そして、職場の性格にもよりますが、そういう意識は常に上司や会社に伝えたほうがいいと思います。ま、一概には言えませんが、僕は自分が用意している職場ではそう思います。

そもそも薄い愛社精神のようなものをふりかざされても困りますし、そうした裏表がお客さんに見えてしまうのも危険。ただ、そんないろんな人たちも「無償の愛」じゃないですが、これなら全力で時間を惜しまずやっていきたいことって、出会ったりします。仕事というつらいルーティンの中にポツッとある日突然現れたそんな幸せに出会うと、このために生きてきたんだとさえ思うでしょう。幸せはつらさの中にある。無償の思いは、欲の果てに現れる。そんな気がします。

プレゼンテーション。

東京の奥沢にあるD&DEPARTMENTの奥のスペースを離れ、法人として独立を目指し、憧れの東京の東側、東神田に引っ越し、本格的にデザインの仕事をやろう、と、決意。その最初の大仕事をやっています。京都の老舗のブランディングです。

僕はブランディングのお仕事を受ける時は、必ず「ブランドブック」というものをつくってから始めます。簡単に言えばリサーチです。

そのクライアントの業界の動向や目指す競合相手とのポジションなどをキーワード化して、まずは「あなたが目指すべきなのはこんな会社ですね」とまとめ、「では、そうなりたいのなら、あなたらしいこんなキーワードはどうでしょうか」とまとめていきます。この時点まで早くて約3ヶ月くらいかけます。

そして、次に店をつくるなら、パッケージをデザインするなら……と、キーワードに基づいて、イメージ写真でコラージュ。これがまた大変です。この作業をじっくりやり、だいたい70ページくらいの本が出来上がります。これが「ブランドブック」で、これをつくっておくと、たとえば僕ら以外のデザイン業者に何かを依頼する際、このブックを渡して「私たち、こんな会社なので、お願いします」と伝えると、自分たちらしいブランド表現がブレなく続いていきます。もちろん、その後もずっとブランド成長のお手伝いを一緒にさせてもらえると嬉しいのですが……。

もう1つブランディングの仕事を引き受ける条件があります。それはすでに取引関係にある会社であること。簡単に言うと、D&DEPARTMENTで商品などを販売させて頂いている会社に限っています。そうしないと僕も「自分ごと」にならない。この会社の成功が僕らの売り上げにも繋がるという関係をつくっていかないと、忙しくなったら何もしてあげられない……となって、せっかくのブランディングが中途半端になってしまいます。

たとえば、本当に長いおつき合いの「カリモク家具株式会社」の「カリモク60」などは、販売もしていますし、商品開発もずっと一緒にしています。

さて、本題に入る前にこんなにしゃべってしまいましたが、ブランディングで大切なのは、前向きな夢です。夢を描き、それを共有し、その象徴としてのマークやデザイン表現がないと、意味がありません。と、さらっと書きましたが、これはそう簡単なものではありません。相手と同じだけの情熱をたぎらせ、何をするにも、その熱で判断していく。しかも、軌道に乗るまでは、本当にその熱が絶えないように焚きつけ続ける。それにはこちらの精神状態もとても重要。

そして、この前向きさはブランド自身ではなかなかにムラが出る。そこで私たちのような外部のチームが並走していく。ということは、私たち自身が安定した情熱のようなものをたぎらせ続けなければなりません。中途半端に「いいでしょ」とか「やりましょう」と言わないって、本当に大変なことだと、久しぶりのプレゼンでつくづく思うのでした。

常連さんの店。

友人と通っている店があります。このコロナ禍の営業自粛で基本的には休業しているようですが、電話で問い合わせると、「言ってくれたら店を開けるよ」とのこと。もちろん、こちらが誰だかわかる関係性があるからこそのこと。こういうの、いいなぁと思いました。

店側も正直、営業利益もなく困っています。国や県からは「自粛」の対象として飲食店を名指しされている。もちろんそれは守らないとなりませんが、とはいえ、ずっとそんなことをやっていたら経営破綻してしまいます。僕は基本的には国や地域で発令されたものには従って、協力して感染を抑え、終息にみんなで向かわせなくてはとは思います。

しかし、現実がある。だからこその「知っている関係」による「常連営業」って、ちょっといいなと思うのです。「ごめん、もう少し、こっちの席に移動して間を空けてくれない?」とか「ちょっと大声でしゃべるの控えてね」とか「ちゃんと手を洗ってね」とか、「それ、しっかり除菌したから大丈夫よ」とか、「もし、気になるなら、この殺菌シート使ってね」とか、「みなさん、トイレに行ったら、ちゃんとこれでドアノブとか、拭いてね」とか……。

お客も店主と一緒に「お店が継続してほしい」「自分と同じ、この店を愛するみんなも、わたしも、感染してはいけない、させてはいけない」と思う気持ちがあれば、店は営業できると思うのです。

もちろん、専門家の人からすると「そんなに甘くはないですよ」と、言われるかもですが、コロナ禍の抑制に対して解決しながらも現実があるわけで、そこに「関係性」があれば「協力」が生まれる。自宅で自粛がいちばんわかりやすい方法ではありますが、続いてほしい店です。

そして、店側も「あのお客さんなら、ちゃんとわかってくれる」と思ってのこと。「あのお客さんなら、この店が続くことに理解を持ってくれる」という関係。あくまで慎重にですが、これもウイルスから気づかされ、学ばせてもらったことです。

「モノ」には、
それを取り巻く「まわり」が
あります。

私たちが「デザイン」と呼び、生活の中などで使う多くの道具や仕組みには、その「モノ」を取り巻く様々な「まわり」があります。たとえば自動車なら、自動車産業の今、そしてこれからどうなっていくのか。また、排気ガスや騒音など、地球環境も考えなくてはなりませんし、時には心配しなくてはなりません。お目当ての車種が決まれば、同じ車種に乗っている人や、それを楽しむ仲間が気になりますし、自分の生活がどんな感じに変わっていくのか、期待は深まるばかりです。

グッドデザイン賞を受賞した「モノ」や「こと」にも、それを取り巻く「まわり」があり、成熟を重ねてきた私たち生活者やモノをつくり出すメーカーがいる。そして、デザイナーのみなさんにとってもはや「モノ」は、「デザインが素晴らしい」「機能的で美しい」「リサイクル素材を使っていて環境に配慮がある」というデザイン目線を進化させる必要があります。

その中でも「ロングライフデザイン賞」は、ある年数、製造され、販売され続けただけではなく、「そのまわり」があるからこそ「長く続いている」「みんなに支持されている」わけで、これからますますその「まわり」にあるものへの意識が重要になってくると同時に、「デザイン」とは、そうした総合的な考えや魅力、それを日々、支える人たちの思いなどを欠かすことはできないということを教えてくれるとても大切で重要な「賞」なのだと思うのです。

今回、産業デザイン振興会からの依頼で、ロングライフデザイン商品を販売する私たちD&DEPARTMENTが、この賞についての展示のお手伝いをさせて頂くことになりました。私たちが20年以上続けていてる「モノにはそれを取り巻くデザイン以外の大切なまわりがある」という「もののまわり」の考えに当てはめながら、今、そして、これからの「デザイン」の考え方を、受賞した素晴らしいロングライフデザインたちと一緒に、みんなであらためて考える展示になったらと構成しました。

ロングライフなデザインになるためには、「モノ」の「まわり」も「デザインの重要な一部」であることを、あらためて考えていきたいです。

店長の本当の仕事。

ある京都のホテルでのこと。完成したばかりなのでしょう、スタッフの対応がいちいち遅く、わかりやすくすべてが真新しいので、「ま、仕方ない。来年にはdのホテルも完成して、こんな感じの新人感をさらけ出してしまうのだから……」と、我慢しました。しかし、いちばん気になったのは「スタッフの表情」です。誰にも笑顔がない。とにかく緊張しているのでしょう。微笑む余裕もないのでしょう。

このホテル、デザインも品が良く設備や立地も良い。ある仕事で京都に呼んでくれた方が取ってくれたホテルで、その方のセンスも十分に感じられました。複雑に思ったのは、その方の人柄（最高です）と、その方がお手配してくださったこのホテルが「一致」しないのです。そして思うのです。もし、この方とホテルが一致したら、この京都の仕事など含め、本当に素晴らしい滞在になる。一直線に繋がる。

そして、こうも思います。スタッフはホテル関係の研修を受け、（たぶん）いきなり現場に立たされているとしたら、このホテルを考え、やりたいと思ったオーナーやマネージャーがお客の間に挟まる期間が必要です。スタッフはお客さんとオーナーとのやり取りを見て、「自分が勤めるホテルの性格」を感じ取ったほうがいいと。つまり、緊張する中で、「どんな個性で立ち回ればいいか」が、わからない。だから、笑っていいのかすら判断がつかない。その手本がないのでしょう。

僕は猫が好きで家にも飼っていました。ペットショップで買ったものですが、なかなか人に懐きません。一方、地方の島なんかに旅をすると、スリスリと人懐っこく擦り寄ってくる野良猫がいて、こういうのが欲しいなぁっていつもワガママに思います。そう妻に話すと「野良猫は子どもの頃、人間と親猫が関わり合う様子を見ているから、人間はやさしいって知っている」と言う。

この話を先のホテルの時に思い出したのでした。子猫たちであるスタッフは、お客である人間とどう接していいか、親猫であるオーナーの様子を見ていないのです。

店長やオーナーって、その「お客さんとの接し方」をまず徹底的に見せることが仕事なのでは、と思いました。僕もできるだけ（全然、できていませんが）、店にいる時はお客さんに声をかけるようにしています。そして、できるだけスタッフにそれを見せるようにも。どれくらいフレンドリーにするのか。どれくらいどうもてなすのか、を。

文化拠点。

今、東京本社、本店の移転先を探し、広く全国に呼びかけているのですが、本当に多くの情報が集まってきていて、それと同時に「どこでもいい」と今は考えているので、「そもそも、現在すでにその土地に重要な場所となっている〝文化拠点〟のような店」は、どうしてそこにあるのか、もし、よそから移ってきたのならば「何をポイントに」そこに移転されたのか、気になり始めました。

僕がここに書いている「文化拠点」とは、「主人」がそこに住み「建築」が楽しくて「食事やお茶、買いもの」ができて「企画展、販売会などギャラリー要素」があり、周辺には「遠方からわざわざ行きたい」と思える場所があり、「そもそもそこには産業、産地が昔からある」ところ。

そういう場所に文化人は昔から移り住み、その様子を知って若者が移住し、文化圏ができていく。今回の移転では、すでに文化拠点になっているところからもたくさんのオファーを頂いたのですが、同じような業態や人のいる場所に今さらノコノコとは行けないので、新たな、まっさらな場所を探そうとなっている。では、何があったらそうなっていくのか、それが知りたくなってきました。

そもそも大きくは、何かしらの材料がとれる「産地」であり、過ごしやすい風情のある「避暑地」のようなポイントで、芸術家や財界人が別荘のように拠点生活をしたあたりからこういう流れがつくられてきた。または、昔の街道や宿場町など「昔の産業の流通拠点」としても栄えていた、つまり「利便性が良かった」こともありますね。もちろん、そういうことが「過去のこと」となり、「現代の理屈で文化拠点になる」場所ってあると思うのです。そこを考えています。

交通の流れも新しい道路ができたり、新幹線が開通したり、また、物流も進化したり、テクノロジーの進化でどこでも仕事ができるようになりました。そこに現れる「新しい快適な場所」のあり方です。スタッフも移住してもらわなくてはならないので、働く人たちも「快適」「幸せ」「楽しい」と思ってもらえるような場所。だからと言って常夏の場所じゃなくても、ある緊張感を持って「快適」と思える場所です。

最近、思ったのですが、これは主要メンバーが話し合って、見学し合って決めることでもないのでは、と思えてきました。1人の代表が「ここ！」と言えばいいのかもしれないなと。なぜなら、チームのメンバーが1人も住んでいない縁もゆかりもない場所を検討する時、絶対にチームの人数分の温度差が出てしまう……。

僕はというと、自分たちの敷地と、リノベできる建物さえ魅力的なら、どこでもいいかなと思っています。周りが住宅地だろうが……。世界観をつくり込みすれば、そこに人々は来てくれる。もう少し探しますが、やはり「建物」の力ってすごいなぁと、思います。その建物がそこにあった理由こそ、もしかしたら「集客」の力なのかもしれません。

自分の買い物は
どこへ。

父から回ってきた長岡家のお墓の鍵。これはおじいちゃんが「お墓はマンションタイプで京都がいい」ということで買ったもので、それを息子である父が受け継ぎ、それが僕に回ってきました。お寺から「その権利を受け取る条件」の中に「次に受け継ぐ人を設定する」というのがあって、子どももいないし、考えてみると「長岡」は僕で終わるということで、急に「あぁ、そういうことか」と。きっと何百年ものバトンリレーをしている京都の老舗の人たちから見ると「大丈夫かよ、継がなかったらなくなるんだよ、最初からわかってたでしょ」ってことになる。

ま、「長岡」が途切れることについてはそれほどの思いはなく、だからこうなっているのですが、もう1つ気づいたことがあります。「僕が持っているものは誰のものになるのか」ということです。大量の本、集め始めたLP、静岡の家、無理をして先日買ったLeica、亀倉雄策さんから譲り受けたデスク、愛車……。家みたいな、ある程度価値がはっきりするものはなんとなく売ったりするのが見えますが、細かなもの＝世間的な価値というよりも「僕が気に入っているモノたち」の行方です。もちろん残した家族（妻）によって、BOOK OFFとか、そんな買取サービスにタダ同然で持っていって処分ということになるのでしょうが、問題は「今、それに気づいてからの、これからの買い物」って、なんだろうと思うわけです。

ロングライフデザインを、会社をつくり広めている立場からも考えてみる。私たちの買い物のゴールが「自分の死後の処分や譲渡」だとしたら、私たちの買い物は次のように大きく分けられる。

1　社会的に価値があるもので、代々、受け継いだり、売却できるもの。
2　自分的な価値で、親族などによって大切にされるもの。
3　リサイクル屋に引き取られる、あまり思い出のないもの。
4　価値がわからず捨てられるもの。

つまり、死んだら何も持っていけないので、「受け継がれる」か「売られる」か「捨てられる」のです。
そんなことを考えてしまうと買い物を躊躇しますが、理想的には「誰かに引き継がれて、ずっと残る」という買い物がいいですよね。と、同時に、ワインとか銘酒みたいな「食べて飲んで、みんなで幸せな時間をつくれる消費」というのも魅力的ですね。旅行なんかもそうかもしれません。そう考えていくと、「世の中が少し良くなる」ようなことになったら、本当に幸せですね。

とにかく死んだら天国へは何も持っていけない。そして、家族や大切な人、多くの友人・知人に、少なからず自分が影響を与えた社会を残すということは、間違いないわけです。

いちいち「これは残せるか」とか「誰かもらってくれるかなぁ」とか考えて自分の買い物をするのもなんですが、でもしかし、死んだら残ってしまうのです。それがゴミになるようなら、残した地球環境を多少汚すでしょうし、残って活用され、結果それが、多くの素晴らしいことを生むなら、それは素晴らしい買い物だったことになります。

応援する。
無理なく自然に
応援するって
どういう応援なのでしょう。

沖縄琉球舞踊を披露してくれた西浜夏南海（かなめ、と読みます）さんに魅了され、今回の沖縄入りの期間に知人・友人を誘い、あらためてかなめさんの踊りを観る会を開きました。

19歳のかなめさんにはちょっとだけ複雑な家庭事情があり、両親の代わりに家のことを手伝いながら、踊りの道を進んでいましたが、1人でも多くの人に「琉球の伝統的な舞踊を観てもらいたい」という彼の考えに対して、彼が師とする先生はとてもその道に厳格で、その思いゆえ、人前で披露する際には許可が必要でした。

これはこれで致し方ないこと。先生にも「伝統を守る」という意識が当然ある。そこに折り合いがつかず、かなめさんは師匠から離れます。そして、沖縄のホテルに就職し、舞踊を披露しながらホテルの業務をこなしていきました。そこでもいろんなことがあり、入ったばかりだった職場を離れるかどうか、つまり、自分で興行し、踊りを仕事としていくか、またはほかの、「踊りを自由に披露できて、ちゃんと生活を成り立たせられる職場」を探すか、というタイミングに、今回の会がありました。企画したのは、僕と、「かいのわ」という沖縄の貝殻を使ってアクセサリーをつくるマコトさん、純子さん。そこに食事や音響、ライティングなどの協力者が加わり、無事、踊りの会は成功し、終えることができました。

さて、絶妙のタイミングで僕はかなめさんの人生の分岐点にばったり出会いました。彼が熱中している琉球舞踊。家庭の環境の中にそうした要素が少しあったこともあり、彼は小さい頃から自然に、その影響を受けてすくすくと育ちました。クリスマスのサンタさんにお願いするプレゼントは本格的な舞踊に使う太鼓などだったそうで、「普通の子どものように、子ども用の太鼓とかだったら安く済んだのですが……」とお母さんは笑いながら、できる限りのことをしていったそうです。

さて、僕がみなさんに考えてほしいことは、もちろん、僕も今、直面している課題です。それは「どう応援するか」です。

日本フィルの演奏者で、沖縄出身の伊波さんもこの分岐点に東京から観客として参加した1人。彼は僕に「応援し過ぎて潰してしまうこともあるから、十分、考えなさい」とアドバイスをくれました。最初、この言葉を聞いた時、正直、ムッとしました。「全力で応援しようと思っているのに、うしろ向きなことを……」と。しかし、純子さんとマコトさんも同じことを懸念されていました。「かなめはまだ19歳。高校を卒業したばかり。彼の人生は彼さえもまだわからない。本当に舞踊の道に進むのかすら自分ではっきりしていない」と。僕のような周りの人間から見ると「後援会」とかつくったりして彼を支えよう！　とか考えるのですが、それが逆に重荷になる。先の伊波さんの助言と同じです。

この内容をかなめさんが読んだらどう思うでしょう。「勝手に自分のことを面白半分で書かれて、困る」となるかもしれません。しかし、こうして書いているのは、彼も承知のこと。それくらい純真に、自分の状況や僕らのような大人の声援を受け止めてはいました。問題は彼のお母さん、お父さんのように、自然と湧く興味に対して、そっと導くような、それでいて、踊りで生活していけるような「自然な応援」とは何か、ということです。

問題は
「真面目か、真面目じゃないか」
というところにあるのです。

いつも考えていることなので、もしかしたら前にも同じことを書いていたらお許しを。僕は人には、「真面目な人」と「真面目じゃない人」と「不真面目な人」がいると、いつも考えています。「真面目じゃない人」とは「不真面目でもない人」とも言えます。

たぶん、僕はこの中途半端な真ん中に当たると自覚していて、自分から見て「すごい人」は、全部、結局は「真面目な人」なのです。

僕は眠たくなったら、やらなければいけないことがわかっているのに寝てしまいます。真面目な人は寝ないのです。そこには「計画どおり」「予定どおり」という「真面目」があるんだと思います。世の中で活躍している人とは、ちゃんとやっている人だと思います。要するに、才能はさておき「ちゃんと真面目にやれるか」ということに尽きると思うのです。

真面目な人は「積み上げていく」ことも真面目に考えています。気分次第であっちこっち行かないのです。また、行っていたとしても、わかっているのです。そう感じます。

「あの人のようになりたい！」と、思ったら、その人の様子を観察する前に、自分が「真面目な人なのかどうか」を確認したほうがいいと思います。なんでこんなことを考えているかというと、僕もある時期、いろんな人をライバルに据えて、人生を頑張ってきました。しかし、追いつかない。その理由が何かを考えているうちに、この考えにたどり着き、大きく生き方を変えていきました。「真面目じゃないのだから、真面目方向は無理なので、そうじゃない方法を編み出す」と。

先日、書店で「東大式……」みたいな本に出会い、パラパラとページをめくって見ました。「こんな僕が東大に」という類《たぐい》ですが、その本の大前提は「勉強の仕方次第で！」でした。僕は思います。この本もとにかく偏っていて、この本のとおりにしていても東大になどもちろん行けません。それはなぜか。答えは簡単です。問題は「真面目か真面目じゃないか」というところにあるからです。つまり、真面目じゃない僕のような人間がいくらこの類のことをしようとしても、そもそも真面目に続かないのです（笑）。

ということで、真面目にできない人は、だからこそできることを探しましょう。とっとと。

その人がいる。

今という時代を生きていくには、ある程度は時代を読まないと、生活や商売をしていくのがなかなか苦しい時代ですよね。時代を読むというのは、もちろん昔からありますが、テクノロジーの発達で劇的に変わってしまう。それが日々起こっているわけですから、商売人はもちろん、生活者も時代の流れを読まなければならない。

当然、時代の流れを意識して、情報から、人から距離を置くという田舎暮らしも1つの選択肢になる。「便利」な時代から「安心」の時代へ。そして、「実感」の時代になっていく時、やっぱり「人」なんだよなぁと、つくづく思います。

先日、金沢での個展のお昼に、予約の取りにくいお寿司屋さんに連れていって頂きました。まず、目立ったのは「人の配置」というか、店内のレイアウトに「人」への考え、意識が現れていました。東東京の名店「新介」もそうです。客席はすべて店主のいる位置を向いている。それはまるでスタジアムで、よくよく思うと、名店ってスタジアム形式になっているところが多い。誰が主役で誰が脇役かわかる。そして、多くはカウンターになっている。

そしてたまに、カウンター形式なのに主役がわからない店がある。そういう店はただのカウンターということになる。名店のようにドキドキワクワクしない。

名店は客も店主もスタッフもそれを自覚している。だからアーティストのライブのようなワクワクがある。この金沢の店にもそれがありました。

「おいしい」とは、食材や仕込みの〝仕事〟が半分で、残り半分の「おいしい」とは、人から伝わってくる「シズル」だと思う。その人の意識は店内のレイアウトや壁にかかっているものなどに伝播《でんぱ》して、細かな景色をつくっていく。ということは、その店主がほぼすべてであり、その店主の技、振る舞い、客に投げかけることの1つ1つが、「おいしい」の大半をつくっている。そうなると、その人がいなくなったら、ただの「おいしい店」になってしまうということなんだろう。五感を満たされて初めて本当においしいと言えるとしたら、やっぱり「店主」の存在って本当に大きいと思う。

そのお寿司屋さんのカウンターには、主人を中心に両脇に2人ずつがそれぞれ、キビキビと仕事をしていました。そして、どう見ても彼が、という人が「右腕」で、あとで主人に代わって中心で握っていた人は、きっと息子さんで……。「右腕」の彼の主人への気遣い、手際はそれはそれはこちらも気持ちがいいほどで、彼の主人への尊敬の気持ちがそうさせ、それを見る客の我々も、それを感じて微笑ましくて応援したくなる。

一方的に上司だ、社長だ、とすることはいくらでもできるけれど、部下の上司への立ち居振る舞いで、それが本当に健やかだと客側が感じられることほど、素敵なことはないなと思う。そこには部下を「育てる」という愛と意識があり、育ててもらっているという感謝がある。

人を慕《した》うということは、素晴らしい情景をつくり出す。そのお寿司屋さんに、こうしたことを思い考えさせてくれる深い情景がありました。もう一度行きたい。そして、「本当においしい」を五感でまた、味わいたい。そして、自分もそうなっていられたらいいな、と思う。まだまだ努力が必要です。

清潔と機能と
美意識。

僕らdが中国や韓国に展開できている根本には、「日本のことを感覚的に理解しているその土地の〝日本語が話せる人〟」の存在が大きい。その1人が中国人の女性で、僕は個人的にもとても影響を受けています。

その大きな1つが「整頓」です。中国茶の作法に関心が湧いていた頃に一度だけ彼女の部屋でお茶をご馳走してもらったことがあります。女性の部屋に上がるのは緊張しますが（笑）、それ以上にとにかくどこを見ても整っていて、そしてすぐに、その整頓がたんなる整頓ではない気配に気づくのでした。

そこには3つの要素があると僕は感じました。1つは「清潔感」。実際に掃除が行き届いているかはわかりませんが、そう感じる様子があります。掃除をして、しかも、清潔だと思えることに気を遣っている。そんな感じです。私たちは飲食店などで「掃除が行き届いていない様子」をたまに見かけます。テーブルや椅子を配置からいちいちずらして、モップや掃除機をかけることは、経験からしてとても大変なことです。しかし、それをしないことで、お客さんとしては一瞬で、「その店の価値」が落ちる。「そんな程度の店」と認識される。

自宅の話ですが、お風呂に入ると排水口の蓋の中が気になったりします。蓋を開けてみると、髪の毛が溜まっていることがあります。それをきれいに掃除したあとの清々《すがすが》しい気持ち。これは掃除をした人にしかわからない「見えない場所の清潔」の話ですが、彼女の部屋には、僕が掃除したわけではないのに、そういう気配を感じます。つまり、ほかの清潔な様子から、彼女の清潔感が僕に伝わり、見るものすべてをそう見させる安心感が芽生えたのでしょう。

次に「機能性」です。たんなるディスプレイのような、雑誌の中に出てくる世界を唐突に真似たようなものではなく、「彼女の生活に効果的に機能する整い」がありました。言葉で伝えるのはちょっと難しいのですが、そのモノの横にあるそれには、そこにある意味がある。そして、その様子が、ちょっと独特に見えて、それがまたしても好感に繋がっていきました。暮らしているから合理的、機能的に配されたモノ。その「無駄」のない感じは、ちょっと真似ができないなと思いました。

そして最後は「美意識」です。たとえば小さな花瓶に、小枝が生けてあったり、どこかの川で拾ってきたような小さな石が置いてあったり。生活の中で機能性と掃除を徹底しながら、そこに「生きる」ための日々の心に添えるような、人間としての「ひと手間」。

これは「美しくいたい」という欲でもありますが、途方もない手間でもあります。その状態ではただの生活のシーンなのですが、そこに絵やポストカード、生花や水や美しい器が置かれることで完成するようなことなのでしょう。これは場所を使って商売をするあらゆる人に当てはまる話だと思います。

店舗だとしたら、この3つを意識することでちゃんとしたお客さんを呼び込むことができるでしょう。僕はよくフランチャイズ店などにお邪魔した時、その店内の様子に、ここに書いたようなことを感じると「愛があるね」と伝えます。多くのものは、そうした人の意識によって「美しいもの」に変わります。ただの一冊の本、ただのお茶碗ひとつでさえも。

僕のすべてのものは
誰のもの。

父の死を経験して「人って死ぬんだなぁ」と、かなりリアルに思える今日この頃、いったい、自分が買ったり、集めたりしたモノたちって、どうなるんだろうと、モノが大好きな僕は思うようになりました。若い頃はもちろんそんなこと考えたこともなく、自分のモノは自分のモノ。どんどん欲しいモノを手に入れて、自分の生活の中に楽しく増やしていく。欲しいモノが手に入る。それくらいにしか思ってきませんでした。

しかし、死ぬ時は何も持っていけない。それどころか死に去って「残していく」わけで、そこには残された家族たちによって売り払える価値のあるものだけではなく、僕しかなかなか価値がわからない微妙なモノもたくさんあったりして、父の死がきっかけでそれを現実として思い知るわけです。そんな視点から自分の人生を見たことがなかったので、今後、いちいち「これって、俺が死んだらどうなるんだろう……」的な思考でモノを買うことになりそうです。まぁ、いいことなのかもしれません。

僕の父は貯金もないし趣味もありませんでしたので、結果、何も譲り受けるようなことはなく、残されて嬉しいものも、迷惑なものもありませんでした。しいて何が残ったかというと、僕や妹なわけです。それだけ。うーん、すごいなぁと思いました。そして特に「財産を残したりしない生き方」って、いいなと思いました。そこには争いどころか、何にもないわけです。もしかしたら父には「残す」という発想すらなかったかもしれません。

僕には多少のこだわりがあり、自分で買って集めたモノや、家や会社がありますが、どこか、父の生きざまを見ていて、もっとシンプルでカラッとした生き方を、これからでも間に合うからしたいなと思いました。そして、死をリアルに自分ごとに考えられている今、「人生ってなんなんだ」と思うのです。形のある、無しにかかわらず「価値のあるもの」を残せる〝自分の人生〟って素敵だなと思うわけです。そして、自分はモノを売る仕事をしているわけですから、モノを「モノ以上」に売らないといけない、とも思うのです。そうしないと、買ったことにおいてモノが増えるだけですから。モノを通じて価値が残る。価値が継承されていくことが、いいことなんだと思うのです。

会社は僕が死んだら終わるのかなぁと思ったりしますが、今いるみんなで「残したい会社」にしていくというのもいいなと、今さら思うわけです。これからの時代に、次の世代に、子どもたちに残したい価値、残る価値があるもの、買い物ってなんだろう、と、やっと考え始めました。

待ちきれない
経年変化。

広島の繊維産地に講演で行ってきました。せっかくなので残り時間で産地を少し案内して頂きました。そこでジーンズのいわゆるダメージ、クラッシュなど、通常はいていて破れたり、色が落ちていったり擦《こす》れたりする時間の経過、使い込んだ感じを最初から人工的に行うジーンズ加工の現場を見させて頂きました。

自然に経年変化を楽しんでほしい派の僕としても、需要があり市場があるわけだから、産地で「それはダメでしょう」とは言えません。この「加工」があるから、みんながジーンズを「オシャレ」に買い、はく。だからいいのです。いいのです、というか、仕方ない。僕が「ロングライフデザイン」と言っている「時間」の観点の話でならば、やはり「不自然」であることには違いありません。つまり「経年変化」がファッション化して「消費」されてしまっていることになります。

もちろん、本当におしゃれな人は、本当の経年変化を楽しむのでしょう。そうした様子に憧れたり、かっこいいと思う人が、「あれが欲しい」ということで、すぐに「擦《す》り切れたジーンズ」を求め、またはつくる。そこで産地の経済はリアルに回っていく、のでしょうね。

家具の世界にもシャビー塗装など「アンティーク加工」はあります。最近、車にもあるし、ホームセンターにも経年変化風のプラスチックの鉢なんてものもあります。ここでやはり注目したいのは「人が使っていない新品のUSED」ということです。「新品のUSED」ってなんか不思議な感じですね。僕は笑えませんが……。

安心して古いものを買う、または買いたいと思う。清潔な腐った感じ。人の気配のない人の気配。その手前にはたぶん「知っている人がはいた着古した感じ」というのがあるのだと思います。つまり「今すぐ、時間をかけたような状態が欲しい」「誰だか知らない人が使ったUSEDじゃないUSEDが欲しい」という需要の高まりですね。建築の世界に「USED風レンガ」はあります。経年変化した風の壁紙も。この市場の未来がどうなっていくのかはわかりませんが……。

これからますます深まっていくのは、「本当のモノ」に対する需要だと思います。だから「本当に経年変化したモノ」に対する市場が開いていくのでしょうね。

良い。

みんなが「良い」を持っている。それぞに価値観は育てられ、育っていく年月でそれぞれ違う。我がD&DEPARTMENT（以下d）にも、1つのブランドなのに2種類の「良い」があり、おそらく働いているスタッフはもちろん、役員ですら困惑している（と、思う）。

その2つは食品ならば、無農薬、もしくは減農薬、オーガニックで添加物とかが入っていないもの。そっちの価値基準は「良い食品づくりの会」などに加盟してわりと頑張っていて、渋谷ヒカリエ8階の「d47食堂」など、dの飲食店が「おいしい」と囁かれている理由は、特に、体に健全である調味料による調理。そして、食の生産者との繋がりによる健やかな旬の食材、土地に続く食文化を、丸ごと惜しみなく調理し、業務用としてなかなか使わない本漆の椀や焼き物を使っているその全体から感じるもの。それが1つ。

もう1つは、おわかりだと思いますが、「オキコラーメン」などに代表される様々な添加物が入った、昔からの懐かしい味。たまに無性に食べたくなる、子どもの頃の思い出と一緒に、楽しく気軽に購入できて食べられるもの。この2種の「良い」である。

金沢のガラス作家、辻和美さんが主宰するギャラリーで、今年の春、「経年変化するプラスチック展」を僕の個展として開催し、想像以上の反響を頂きました。これも僕の中でのB面の「良い」。そもそも、あんなに世話になっておきながら、急に「悪い」とされてしまっている「プラスチック」をなんとかしたいという気持ちで企画しました。

なんとかしたいというのは、便利に使い捨てられるモノにしたのは人間で、しかも、ポイ捨てしているのも人間。だったらプラスチックが悪いのではなく、人間のプラスチックに対する「気持ち」を変えようよ、という考えから。「ほら、プラスチックだって、陶器や革製品やジーンズのように経年変化があって、それは一生物としても楽しめるよ。しかし、その意識はあなた次第だよ」と、投げかけたわけです。もちろん、プラスチック製品の中に潜む微細な何かが人体に入り込むことにより体の中に蓄積して云々……という、製品と人体の関係の話は尽きませんが、それと食品添加物は、僕の中ではほぼ同類。なんか、人間の都合って、本当、調子いいよなぁと思うわけで、いちばん重要なことは「楽しく、健やかに日々を送れること」なんじゃないかと思うのです。

添加物がたくさん入っているものを毎日食べている、めちゃくちゃいい人、います。心が澄んでいて、一緒にいても気持ちいい人。人間を生物、動物と考え過ぎて、人体への影響とか、ビジネスの観点を盛り込んで訴えている食品業界に限らず、結局は「その人」であって、材料はその次なんじゃないかと思うわけです。

dの中には、そんな「世間の良い」と「ナガオカ的な良い」が混ざっていて、カップヌードルの何が悪いんだ！　プラスチックだって愛せるぞ！　という僕の「良い」がなんとなくd全体に矛盾を醸し出し、結果「古き良き会社」という社風として残っている。

「良い」って、突き詰めていくと戦争や殺し合いになっていきます。だから思うのです。冒頭に書いたことを。タバコを死ぬまで吸っていた人の死因を「タバコ」にするのは医学的には筋ですが、その人の充実感との対比は難しい。昔に偉大な文化人が多くいたのは、1つには害のあると言われる喫煙文化の功績が大きいと僕は思う。とはいえ、出張先のビジネスホテルで「喫煙室しかない」と言われたら、泊まりませんが……（笑）。

「良い」は人の数だけあっていいと思います。そして、社会的な緩やかな「良い」と一緒に共存していく平和さも意識していく。

と、いうことで、僕の目が黒いうちは、カップヌードルやプラスチックは「良い」のです。

1人でも
大きな印象を
変えられる。

先日、新東名高速道路でスピード違反をやってしまいました。前に走っている車を「遅いなぁ」と思って追い抜いた瞬間に……。まぁ、理由はどうであれ、法定速度を違反したのですから、僕が悪いのです。そして交通反則告知書、いわゆる違反キップをもらってしまいます。その支払い期間が1ヶ月くらいは猶予《ゆうよ》があると思っていたら10日以内で、うっかり期間が過ぎてしまいました。おそるおそる警察へ電話。反則通告センターに繋がると、明るくて上品な担当のSさんという女性が的確に説明してくださいました。

僕のように期間を逃した人には、1ヶ月から2ヶ月ほどで、また新しい通知書を送ってくれる手順になっているとのこと。しかも「郵送はこれからなので、ご指定の住所に送りますよ」と。単純ですが、僕はこの電話1本でかなり「警察」の印象が変わりました。

もちろん、いろんな思惑もあるでしょうけれど、いろんな努力もあるでしょう。警察についてはいろいろと思う方ももちろんいるでしょう。それはそうとしてここで書きたいのは、この年配の女性の電話で僕の「警察」の印象が変わったという事実です。

警察の話はこれくらいにして、私たちは多くのこと、モノ、人などに「印象」を抱いています。会ったこともひと言もしゃべったことすらない有名人にさえ、かなり強固に印象を決めつけていることがあるでしょう。「あの人はこういう人に違いない」「あのブランドはなんだか気に食わない」……。しかし、その多くは勝手にあなたが、僕が、思った印象。そして、そういうこと、モノの当事者に、じつはあなた自身が関わっている可能性もあります。たとえば、有名ブランドにあなたが勤めている。みんなが使っている家電をデザインしている。

あなたが、そして、僕ももちろん、何かしらを背負っているそうしたことやモノについて、自分の行動やちょっとした発言でその大きな、みんなが勝手に印象を抱いてしまいそうなものの印象を変えられるのです。もちろん、悪いほうにも。

海外旅行に行って、もしくは外国から日本に来た観光外国人に親切に振る舞うことで、その外国の人は「日本」の印象を良く思うでしょう。ほんの少しの私たちの行動が、とてつもなく大きな「固定観念や印象」を一瞬で変えてしまうことって、あります。

自分はなんなのか。

みなさんの中にも「自分はなんなのか」と、考えたことがある人、いると思います。たとえば、デザイナーをしているのに、「あのデザイナー」が気になって仕方ない。「あのデザイン」が気になって仕方ない。料理をしている人だって、服をつくっている人だって「あの服が……」「あの料理店が……」気になって仕方ない。僕もそんな感じの時がありました。そして、僕がそこから(あくまで自分の悩みの世界から)脱する方法を考えつきました。それが『肩書きをオリジナルにする』です。

僕は約10年前から「デザイン活動家」と、名乗っています。妻には「恥ずかしいからやめなさい」と当時はよく言われましたが(笑)、これは僕としては「僕はあのデザイナーではない」「僕はいわゆるデザイナーではない」という表明なのでした。

この肩書きを考えてから、僕の中に「デザイン活動家とはなんなのか」と、考えが巡るようになり、「あのデザイナー」が消えていきました。と、同時に「自分次第」で、「デザイン活動家」は、かっこ良くも、悪くもなる。そうも気づきました。「デザイナー」と名乗ることで、「多くのデザイナー」

の中で戦い、そこに紛《まぎ》れ、主張することができます。しかし、「デザイン活動家」と名乗っているのは、おそらく僕1人くらいでしょうから、まずは「何それ？」と思われるわけです。

今という時代ほど、「自分」を見失いがち、わからなくなる、らしく居続けられる、ことの難しい時代はないかもしれません。だからこそ、人には1人1人、名前というものがあるんじゃないかと思うのです。僕はナガオカケンメイで、田中一光ではない。単純なことですが、なんとなく、僕はそれでいろんなことを突破できていると今は思っています。

「個性」ではなく「個人差」。才能がなくてもいいのです。そして、人間には絶対に同じ人はいません。みんな違っていいし、みんな違う。だからこそそれを強く意識すればするほど、自分が生まれて生きていることを肯定できると思うのです。

笑顔。

先日、日本フィルの公演に、「d日本フィルの会」のみんなと行ってきました。後半舞台に登場したヴァイオリン奏者の竹澤恭子さんの笑顔が、遠く離れた僕の座っている場所からでも感じ取れて、笑顔の力ってすごいなぁと思いましたし、あんなすごい演奏をしながら、あんなに素敵な笑顔でいられるって、とっても素晴らしいことだと思いました。

世界で活躍するタップダンサーの熊谷和徳さんも、ダンスの中で何度も満面の笑みを浮かべます。踊ることが楽しくて楽しくて仕方ない様子で、「世界で観るべきダンサー25人」に選ばれている理由は、そんなところにもあると感じるのです。落語家の柳家花緑さんも、「笑いは健康にいい」と言っています。そして、能楽師の安田登さんは、「昔は笑いで人を威嚇《いかく》できた」とも。月光仮面や仮面ライダーなどが登場した際に笑うのは、そこからきているとのことでした。水戸黄門も笑いながら出てきますね。かなり話が脱線しましたが、笑いって、笑顔ってすごいなと思ったわけです。

僕は雑誌などの取材を受けるときの写真撮影で、いろんなカットを撮られて、最終的にはくちやくちゃに笑っている笑みの写真が採用されることがほとんど。自分の笑顔も、そうした周りの人たちに何かを与えられているとしたら、もちろん僕に限った話ではありませんが「笑顔」って、人の暮らしにとっても重要なのでは、と、再認識したいところです。笑いって、笑顔って、マイナスなこと、なんにもありませんものね。

先日お会いした映画監督の河瀬直美さんも笑顔が素敵でした。笑顔になれるって余裕があることだし、笑顔になるって、余裕を意識すること。みんなへの感謝や、平和への思いに近い、楽しく穏やかでいこうね、焦らなくていいからねって言われているような、言っているような、行為ですね。あらためて「笑顔」っていいね。

してあげたり。

すべては「あの人に何かをしてあげたい」と思ったらいいのではないか。今朝、沖縄に滞在して19日が経った朝、目覚めながらなんだか降りてきたように思いながら起きました。それはたぶん、怠け者の僕がこれから健やかに生きていくためのコツのようなものなんだと、自分ゴトとして考え、飲み込むことにしました。

沖縄での共同売店からの学びは相当なものでした。そして、最後に立ち寄った共同売店経営者から「都会の人や大学の先生などは、共同売店を美化し過ぎている」という指摘にもハッとしましたし、激しく共感できましたし、ある意味において自分のことを言われているとも自覚できました。

店とはそもそも自分のためにやるよりも、誰かのため、あの人のため、社会のため、みんなのためにやったほうが健康的です。そしてそれは「継続」を意味しています。自然環境との関係や、町、地域との関係、そして、働く自分を含めたスタッフの継続。そこに無理があっては続かない。営業時間も定休日もそこから考え、取り扱うモノや交流などもそこから考えていく。近隣に住み、その場所を利用する人たちの「理解、協力」がないと続かない。

なんでもかんでも「店主」のせいにしていては、店主はもたない。合理的に隣町のモールに車で週末大量に食材などを買いに行く人たちも、この機会に考えてほしい。「その買い物は、自分の地域の肥やしになっているか」ということを。

一軒の店に集まり、そこで様々な交流をしながら町を育てていく。その場所の継続のために住人もお金をなるべく落とす。そして、行政も電気代くらいは出してあげるなどする。

「店」は〝その土地〟に重要な「場所」なのだと思いました。そこには「町のみんなにしてあげたい」という思いがないと続かない。買い物に来る人も「お客」としてではなく、参加者として「自分の町にしてあげたい（良くしたい）」と思いながら利用したり、買い物したり、お茶を飲んだりすることで、その町はゆっくりいい町になっていく。「共同売店」とはそういう場所であり、d newsもそんな場所になりたいと思いました。

富なんて、見せびらかすものじゃない、となった時、
面白い状態が
つくられていくんでしょうね。

サンパウロに行ったスタッフから聞いた話が面白かったので少し書きます。高級なものを身に着けている人は襲われ、殺されるので、みんないっさい身に着けていないという話です。もちろん、高級車も走っていないし、ブランド品を売る店もないとのこと。その話を聞いて、ブランド品をわかりやすく身に着けるということは、つまり「見せびらかしている」ということなんだなぁと、あらためて思いました。

サンパウロでそんなことをしたら殺されるわけで、殺されるくらいなら、質素に暮らす。極端ですが、なんだかその様子っていいな、とも思いました。

今、中国は貧富の差が激しく、街中をちらほら高級車が走っていますが、日本のような下品さはまだ、そんなにないとも思いました。街中を、日本のように、特に東京なんかのように、ランボルギーニやフェラーリが普通に走ってはいない。富の見せびらかし……。

ワインはもともと、パスタと一緒に食べる滋養強壮的な「食品」だったようです。それがいつの間にか、どことなく、食の世界の富に関わるものにすり替わってきたようで、人間の欲って、不思議なものだなぁと、思います。そうかと思えば、それをひけらかすと殺される国もあって、それを隠して生活しているなんて……。

殺されたくないというのもあるでしょうが、富なんて、見せびらかすものじゃない、となった時、面白い状態がつくられていくんでしょうね。わかりやすい物品じゃないところで「品」の良さを表現する何か……。あぁ、京都的ですねー（笑）。

時間の質。

中国茶が好きな友人から面白いモノを見せてもらいました。ガラス製の板のような、これでお皿だと言うのです。もう1種類、違う作家のモノを見せてもらいました。これは小皿に見えます。しかし、フチの仕上げや装飾性がないことから、なんとなくか弱い感じがしました。その友人にとって、この「か弱さ」こそ、中国茶を楽しむ時間に欠かせないアイテムだということのようです。

それにしても最初の板のようなものは、もちろん羊羹《ようかん》を切って置いたりするのと同じく小皿として使えますが、ガラスの板をカットしただけのようにも見えて、これもこれで「か弱さ」を持っていました。驚いたのは、この板のような皿のようなものをつくっているのが、富山の人気ガラス作家、ピーター・アイビーさんだというのです。そして、これが5000円以上することにも驚きました。

中国茶で使うモノの中で、飛び抜けて自由度の高いモノがいくつかあります。極論は、使うことができれば利休の「見立て」と同じでなんでもいいわけですが、やはり、最終的に飲むための小さな器や、注ぐための片口《かたくち》のようなもの、急須《きゅうす》のようなものは、お茶の味や色に関わるので、その素材や注ぐ機能性などが問われ、だいたい決まってきます。しかし、それ以外は存分にこの世にあるものから見立てていいのです。そこが面白いところです。そして、そこに登場するものに「か弱さ」という感覚はとても相性がいいと感じています。

ちょっと中国茶の話から逸れますが、私たちは「モノ」が持っている存在感で「時間」をつくっていると言えます。雰囲気ですね。バカラの高級なカットグラスでウイスキーを飲むと、その時間の上質さが増すような気分になります。それと同じように、敷かれたテーブルクロスや飾ってある花などで、過ごす空間や時間の質がつくられていく。その中国茶をご馳走してくれた友人といて、この感覚、この時間のつくり方、こだわりの面白さをとても感じ、中国人の、時間に対する質を求める考えに本当にうっとりしました。

有名ブランドのカップとソーサーで頂くコーヒーもいいのですが、何か自分とお客さんの関係の中に「見立てによるもてなし」を添える。そして、そのモノに対して「物語」を付けていく感じで「素材」を選ぶ。うーん、すごいなぁ。昔の日本人が好きそうな世界ですが、今の若い日本人にはこの感性があるのだろうか。人にうまく説明のできないものを、重要なお茶の時間に使う見立てのセンス。素敵です。

不自由な
季節を持つ。

本社移転の候補地探しはいまだ難航しながらも、1つ1つ、1人1人、丁寧に会いに行っています。そんな中で先日は長野へ。避けてきたようなところがある「雪」が降るエリア。向かった先は比較的雪の少ない場所と前もって聞いていましたが、現地近くのホームセンターの入り口に、ドーンと「雪かきスコップ」が何種類も吊るされていたのが、やはりそこのところを神経質に感じていたので、すぐに目につきました。

社長はとにかく「寒いところは嫌」と。とにかく車を動かすのに、いちいち時間をかけて雪かきをしなくてはならない生活は、経験がないのでその不自由さが怖いのでした。

渋谷ヒカリエ8/d47 MUSEUMでの「LONG LIFE DESIGN—2 祈りのデザイン展 47都道府県の民藝的な現代デザイン」は、NHKの取材で2度に分けて放送されるなど、社会に少しだけ、健やかなるモノづくりについて考えるきっかけを提供できたと思っています。そして、この企画、収集、展示をしていて思うことがあります。それは「北のモノづくり、南のモノづくり」というものです。それをやや乱暴ですが、ひと言でいうと「不自由な季節がある土地のモノづくりと、ない土地のモノづくり」ということと、今、移転先を考えていて思うのです。

　つまり「雪」です。同時に、変な言い方にも聞こえてしまうかもですが「どうしてそんな不自由なところに（わざわざ）暮らしている人がいるのか」ということ。もちろん生まれ育った土地が雪国の人は、それは「当たり前」で考えもしないでしょう。しかし、雪が降り、大変な思いをする季節のない土地はいくらでもあります。なぜそこに移り住まないのか。雪の季節がないことで、収入に影響する、たとえば農家さんなんかは、そこをどう考えているのか……。と、書きながらも、答えは見えています。

「合理性では考えていない」のです。「育った土地が好き」なのです。そして「雪の降らない土地では絶対に感じられない感動や、時間のゆったりとした流れ」があるからでしょう。その証拠に、北のモノづくりは、とにかく緻密で時間をかけています。そして、じっくりと考え、思い、丁寧に仕上げてある。もちろん、南のモノづくりがそうではないという話ではありませんが、僕は「雪の積もった不自由な季節」を持つ地域の人々の思考に、少し、いえ、かなり憧れを持っています。

そこには「物理的に不自由」で、「どうすることもできない環境」を受け入れながらも創作をするということから生まれる発想、表現というものがあるのでしょう。北欧や白夜の国のモノづくりに、私たち日本人と違う「色」に対する猛烈とも言える執着や発想があるようにです。

長らく住み暮らした東京は、よくよく考えたら「快適」過ぎます。もちろん突発的な天災にはか弱過ぎますが、バランス良く常に快適を確保し、経済の中心として機能しています。だからこそできることに突き進んでいる。休むことなく……。

強制的に休みがある雪のある土地で「クリエイション」をしたらどうなるのか。本店を移転して、そこにくっついて「つくる」ということをしたら、どんな生活があり、そこからどんな発想が生まれるのか。東京にいたら存在しなかったであろう「時間」がじわっと現れるのか……。その不自由は、もしかしたら多大なる自由をくれる、ような気がしてきました。

リアルと
世界観。

たまにアップするインスタ。人のを見ていると私生活を切り取った「リアル派」と、一貫して統一された印象を発信する「世界観派」がいるように感じます。僕はというと、もしかしたらご存知のとおり、「今日の晩酌」とか、行き当たりばったりのバラバラ。だからこそ世界観を意識して、なんだったら写真の美しさまで意識した世界観派のインスタは、憧れであり、目指すところでもありますが、残念ながらなぜか、できないのです（笑）。

自分に強い関心があるのか、ないのか、ほかのことへの強い関心があるのか、ないのか……。要するに、ぐちゃぐちゃなのですが、それはつまり、「自分」なんだと思うのです。世界観を貫けない。挫《くじ》けたらだらしのない自分もさらけ出してしまう。眠たかったら眠たそうにしてしまうし、疲れたら「疲れた」と言ってしまう……。

これでは人に対してブレない世界観などつくれませんよね。最近「今夜の晩酌」と題してインスタをあげていますが、おそらく「同じタイトル」で3夜も続けられたのは初めて。これには僕自身も驚きましたし、ここまで書いた「世界観」づくりの入り口を見たような気もして、こんなぐうたらな晩酌の様子ですが、３回続けられた、ということは、これが「自分」なのかもしれない、と、思えています。

美しい建築の写真でもなく、完璧な料理の世界観でもなく……。ダラダラとした、どうしようもない、飾り気のカケラもない、気の抜けた寝る前の時間の、風呂上がりのだらしのないナガオカケンメイの時間を切り取った「晩酌」（ほぼ、１人）。

こんなことを自分で発見し驚いていますが、じつは、「おっ、これが僕の世界だ」と、ニヤニヤしています。

日常の中にあるものに
「気づく」ほうが、
何倍も楽しい。

ある友人が「もう、デザインされた場所とか、非日常とか、疲れる」と（笑）。それよりも、日常の中にあるものに「気づく」ほうが、何倍も楽しいと言う。
僕は「デザイン」の業界にいるので、何かにつけ、デザインのメガネでものを見るけれど、それがそもそも、この彼に言わせると「疲れる」ということなのだと思う。

神奈川県にある「泊まれる出版社」の真鶴《まなづる》出版は、街歩きをするユニークな出版社というか、宿。誰もがびっくりするような、観光的な場所ではない本当に自分たちの町を案内してくれる。その細やかさについつい感動して、泊まりに行ったみんなの中に、「目立たないけれど、日常にあるものの中に観光を見出す」喜びが芽生え、年間５００人もの宿泊と、これまでに累計でなんと50人もの移住を実現させている。

僕も真鶴出版に泊まったけれど、その料金明細に感心しました。1泊2万円という価格は部屋のしつらえを見ると高いと思うのですが、明細は宿代が５０００円。残りが施設使用料。つまり、町の中の出版社に泊まれる価値、つまり、この町に、この出版社が必要だね、と感じたリターン。

それを払うことによって、どこかこの町を応援しているような気持ちになる。
　そしてもう１つ。真鶴出版の彼らはやはり、この町で暮らす住人。彼らと暮らす、彼らが引き起こし続ける面白いことに加わった感じがして、そこに価値を感じるのでした。

　ふだん見過ごしているものを「見なさい」と急に言われても見られないものです。そこにはやはり、徐々にそういう目線を持たせてくれる助走のような時間と、そこに説得力を持って寄り添ってくれる人が必要と思いました。そして得た「日常にある些細なことに美や大切さを感じ取る」ことの貴重さ。丁寧に生きないとできない、見つけ出せないことです。

ずっと
そこにいるから
できること。

「4拠点生活」とかいって、そこに講演で呼ばれたり新店の立会いとかチェックとか、そういう出張とかも入れ、自分は結局、日本じゅう、アジアじゅうをあちこち飛び回っていて。それは若い頃はまるで人生の勲章のように思い、「活躍」しているな俺、みたいなふうに自分に言い聞かせたりしていました。人に多く会い、いろんな場所でプロジェクトをすることが、世界を飛び回る建築家のようであり、そうしていることが素晴らしいことだとずっと思ってきました。

今、ふるさと阿久比町の店の店頭に立っていると、ここにじっとしていない自分が、出張やほかの場所でのことのために、阿久比町を留守にすることが増えている自分が、「いや待てよ、ここにいない時に失うことのほうが多いのでは」と、思えてきました。おそらく「やっと」そう思えてきたのです。もちろん、多拠点生活を実行したから感じられることです。

じっとそこにいる代表は「バー」のマスター。じっとそこにいるからこそ、慌ただしく働く人たちの心の支えになっている。まさに「止まり木」。じっとその街にいるから、訪ねて行って、話し込んだり、相談に乗ってもらえる。じっとそこにいるから、その人を通じて文化的なことが寄り集まってくる。いや、そうだとしたら、動き回っている人も重要で、そういう人がいるから物事に「動き」が生まれ、そのステージとしてのじっとしている人、場所がある。

どっちも大切だし、どっちも存在しないと世の中は静まってしまう。港があって船があるように、サラリーマンがいてバーがあるように……。

無いものねだりなことを書いているのでしょうけれど、そして、もしかしたらそういう年齢なのかもしれませんが、なんだか「じっと」しているもの、場所、人に、愛おしさを感じてしまっています。最近。「アルプスの少女ハイジ」のおじいさんのように、たまに村に降りてくる。それくらいの落ち着きのある大人に憧れています。

哲学。

「自分に何か起こった時、最終的な心のよりどころは〝宗教〟的なほうがいいのでは」なんてことを書いたことがあります。つまり「揺るがないもの」です。それがもし「お金」だったとすると、お金がなくなったら慌てるでしょう。もし、それが「モノ」だったら、なくなる可能性や、汚れたり落としたりキズつけられることばかりを気にするかもしれない。

この話を「会社」に当てはめて考えてみましょう。もし、あなたが働いている会社に「哲学」がなくて、その軸が「お金儲け」だったとしたら、どうでしょう。好景気で「給与」が上がり、たくさんのお金がもらえることは、最初は嬉しいでしょう。でも、不景気になって給与を減らされたり、未払いなんてことがもし起こった時、では、何を「その会社で働く」理由にするのでしょう。その「お金とは違う価値」「そこで働く本当の理由」こそが、「哲学」ではないかと思います。

それが感じられたなら、少々お給料が安くても「働く生きがい」を見出せる。多少のことは、その「哲学」が救ってくれる。いい企業には、揺るがない、何があっても立ち戻れる「哲学」があります。知人に自分の会社を説明するなんて時も、有名な商品があるとか、一等地に店舗があるとかしか語れないとしたら、それはとても寂しいことでしょう。

どんなに小さくても、どんなにおんぼろでも、人に自慢できる「哲学」があり、そこに所属して働くことで、自分にも揺るがないものが流れる。企業や集団には、やはり「哲学」が真ん中に、背骨のようにあってほしいと思うのです。

コンセプトな食べもの。

企画者としていろんな企画をしてきました。商業施設や食べもの、店舗、いわゆる企業ブランディングなどです。その最終的なオチは、たとえば食べもので何か大切なことを伝えたい、という商品を企画するとして、結局は「おいしい」ものになっていないと「続かない」と思うのです。

伝えたいコンセプトはとても共感を持てる。それを「飲食物」で表現する。たとえばクラフトビールで。最初はコンセプトに共感し、多少金額が高くてもご祝儀的にみんな買っていく。でも、極論はコンビニで売られているサッポロやキリンビールくらい「おいしい」がないと続かないのです。

コンセプトを何かで伝える。そこにはやはり「継続する」ということも重要になる。継続するとは、飲食物でいうと、おいしくて、手頃な価格で、手に入れやすいこと。おいしくもなく高くて、なかなか手に入りにくいものは、メッセージ発信の立ち上がりには手にとってもらえても、続かない。

最近、そんな商品に出会いました。コンセプトは素晴らしい。しかし、一口食べたとたんに「?」と。もちろんコンセプトは聞いていたし、ビジュアルで説明も受けていたので、僕の頭の中には情景が浮かびます。なので、その情景を思い出しながら、「まぁ、そうか、おいしいかもしれないし、説明している味はするような気がする」という感想でした。そして、こうも思うのです。「自分で買うかと言われたら、買わない」と。やはり「おいしい」になっていないものは、口の中に入れるのは一度で十分なのです。

これは食品に限らず、家具やゲストルームなんかにも言えます。「日本の林業をなんとかしたい」と生まれた木製家具も、手頃で何より座り心地が最高じゃないと、買ってもらえない。「町並みを保存する活動としてゲストルームにしました」という宿泊も、「ビジネスホテル」以下では続かないというか、リピートして泊まらない。

いつの時代も若い人を中心に問題提起に取り組んでいて、本当に素晴らしい。あとは「おいしい」的なリピートしたくなる「品質」は、僕らのような年配の経験者がつくり込めばいいと思います。新しい発想やチャレンジも、基本的な質を持っていないとリピートしてもらえない。自分も企画者の１人として、常に自分が何かにコンセプトを背負わせる時、その中身のクオリティはまずまずじゃないとダメだと思うのです。

僕のキッチンには、頂いた「ハチミツ」が大量に積み上がっています。たぶん、僕と同じように、もらったハチミツがたくさん家にある人は多いと思います。ミツバチに物語を背負わせる。そしてできたハチミツは、需要をはるかに超えて、飽和してしまっているような感じがします。伝え、つくる時には、継続と消費をしっかりイメージできないと、ゴミになってしまいます。

1人1人の
投げ銭で
世の中が良くなっていけばいいよね。

かなりスケールの小さなお話ですが、僕の愛知県のアパートは高度経済成長時に建てられた薄いアルミサッシの昔の住宅。夏暑く、冬寒い、断熱という発想が乏しかった時代の建築。とはいえ、その感じがじつは好きなのです。狭いリビングにはアエコンを付けましたが（最初は付いていなかった）、ほかの部屋はエアコン的なものは何もなし、特に玄関からの隙間《すきま》風が冬場の今、こたえます。

とはいえ、リビングの扉を閉めてしまえばリビングは暖かい。でも、玄関に石油ストーブを置いています。常に僕が暖まる用ではありませんが、トイレに行く時とか、廊下が暖かく快適なのです。これを贅沢かというのは置いておき、このストーブの暖かさを感じるたびに、自分のことだけではなく、他人のことも自分ごとにすることで、繋がり、広がるということをイメージします。

たとえば、僕は日本フィルというオーケストラを応援していますが、その応援は結果として僕1人ではできない「日本の文化向上」と繋がります。もちろん、そんなすごい支援をしているわけではありませんが、自分のお金を、自分が演奏を聴きに行くだけという枠を超えて、オーケストラを支援することに使う。そうすると、世の中が少しだけ暖まる。

そんなことを、うちの貧乏アパートの廊下のストーブを見るたびに思うのです。暖かく快適なリビングから出ても暖かい。そんなことは、日本じゅう、世界じゅうにある。今、行っているクラファンでの改装工事も、そんな意味がある。自分のお金を良くなってほしい社会に使う。そんなことで生まれる「快適」さで、1人1人の投げ銭で、良くなっていったらいいですね。

目標がある人って
素敵ですよね。

目標がある人って素敵ですよね。それが社会に向かっていたり、野球や将棋とかの世界に向かっていたりすると、つい応援したくなります。自分はたまに「何を目指して生きているんだろう」と思ったりします。みなさんにとっての僕「ナガオカケンメイ」は、何か具体的に挑んでいるように見えるかもしれませんが、ふと、自分はどこにいるのだろうとか、目標ってなんだっけ？と、日々の雑務に追われてわからなくなることがあります。

この話はどんな人にも、あなたにも当てはまると思います。目標がない人なんていないと思うし、もし、それが今パッと浮かばないようなら、ちょっとよく考えてみてほしいのです。「いやいや、そんな大それたものなんて、ありませんよ」と言うなら、大それた目標を立てましょう。というのは、僕も気を抜くと「ただの雑貨屋のオーナー」になってしまいます。日々、明日のことだけを考えて、今日を生きる。過ごす。それを毎日くり返していくと、もう、その日々のただのくり返しが人生となってしまいます。それもまぁ、いいのですが、どうせなら「目標」があるといいと思うんです。業界ナンバーワンになる、でも、ニューヨークに出店する、でもいいと思います。人はそういう「目標を掲げた人」を、マラソンで言う先頭集団に見立てて、自分も頑張ろうと思ったりする。たまにその先頭にどうやっても近づけないと思い挫折しそうになる。けれど、先頭集団を意識してずっと追い続けるということだけでも、そして、どんどん差が広がって周回遅れになっても、そこを意識し続け、自分として生きることが、やっぱり大切なんだと思うのです。目標はないよりあったほうがいい。というお話です。それは「夢」という言い方なのかもしれません。

お恥ずかしい話、僕は最近、それを考えずに過ごしていることに気づきました。だからこうして書き残しています。D&DEPARTMENTを47都道府県につくる！『d design travel』誌を47都道府県分完成させる！　まだまだ途方もない目標ですが、現役を若干退き、手応えが感じられなくなり、焦って故郷の愛知に戻ろうとか、そこに自分が店頭に立つ店をつくろうとか考え始め、どこか「目標」みたいなものがなくなって、目先のことに意識が行っているように思えていました。

２０００年につくった店の目標は「長く続いているモノたちを応援する」でした。そして２０２０年になり、社会がモノを長く大切に持とうという雰囲気になってきました。もう少し先ではありますが、僕としては目標を達成しつつある。そんな感じの今だからかもしれません。新しい目標、2000年に考えた目標をバージョンアップする必要がある、と、思ったのでした。

それは今、整理できていませんが、なんか、もう少しでそれが見えるような気がしています。

もっとクリエイションしたい。世界に出ていって、日本のロングライフデザインを伝えたい。日本の地方が、もっと自分たちらしさで新しいものを創造できるような状況になるのを手伝いたい……。それには、まず、現役に戻る必要があります。そんな体力も気力もあるのだろうか……。

結局、僕は「日本のロングライフデザイン」というものを完成させるために、生きているんだと思うのです。

これからは
「応援」の時代が、
ますます来ると思います。

長くおつき合いのある愛知の瀬戸本業窯さんが、クラウドファンディングを使い「瀬戸・ものづくりと暮らしのミュージアム　瀬戸民藝館」をつくろうとしています。そして、僕らチーム愛知も、同じくして「d news aichi agui」をクラファンで支援頂き、開業に向けて進んでいる。みんなに「応援していますよ」と言って頂きながら、店を、何かを立ち上げられることを、本当に幸せに思い、同時にそうした期待を背負えることからの「生きがい」「やりがい」の健康さを感じています。

世の中にはモノやことが溢れていて、そして、私たちは何が必要で、何がもういらないか、気づいていると思います。だから僕もクラウドファンディングという「世の中のふるい」にかけてもらい、みんながいらないと感じるなら、資金応援は集まらないし、必要だと思えば「少額でも出し合う」……。それでいいと思います。

コロナ禍によって、僕の店も含め、なんとか生き残ろうとしています。生活もあるし、スタッフもいる。しかしあえて厳しく言うならば、「必要のない仕事」は淘汰されると思うのです。そして、「どうしても残ってほしい」と応援したい気持ちがある店や場所だけが、健康的に残る。もし、僕の店が潰れたら、そういうことだと謙虚に受け止めたほうが、世の中にとって、地球環境にとってていいことと思う。そう考えています。

国道を走るたびに「こんなに、100メートルおきに自動車販売店は必要なのか」とよく思います。そんなふうに、前向きに生活を考える状況をみんなで楽しめたらいいですね。これからは「応援」の時代が、ますます来ると思います。

掃除当番。

これまで何度か移住的な多拠点生活をしたいと土地を探したり、購入しようとしたりしました。富山では絵に描いたような農機具小屋を発見し、購入を検討していたら、「明日朝、早いけれど集落の水路掃除があるから来ませんか」と、東京の自宅に連絡がありました。急だし遠いし、行けるはずがない。明日は朝から都内で打ち合わせもある。

沖縄で土地を探していた頃、いきなり土地購入は難しいから、頑張ってまずはその土地に賃貸住宅でもいいから暮らそうと思い、なかなかいい1軒家をみつけました。家主が僕に「庭の手入れだけはよろしくお願いします」と。それが貸す条件でした。しかし、明日からまた東京。次にここに来るのは2ヶ月先。ここを借りて誰かに庭掃除だけを頼もうかとも思ったのですが、いや、そういうことじゃない、と、富山で結局、断られたことを思い出しました。

今いる阿久比の隣の半田市のアパートにも、沖縄の宜野湾のアパートにも、大好きな植木はありません。いない間に枯れてしまうからです。「そこに住む・暮らす」とは「そこにいる」ということ。毎朝いる、いつもいる。だから関係性ができていく。沖縄で土地を手に入れて家を建てても、隣の人との関係は「毎日」育めなければ「東京の人が土地を買った」としかならない。それではそこに暮らす人たちが望む「この地域の発展」に繋がっていかない。ただ、土地が売れればいいということではなくて、やはり、そこに暮らす人たちのためにならなければ、そこの場所を獲得だけしていてはダメなんだと、またしても痛烈に思うわけです。

地域にとって土地は大切な「心の財産」。お金で割り切って売買されるのを頑張って防ぎ、もし、買いたいという人が現れたら、対話して一緒にその土地を良くしていけるようにしたいはず。今、僕にとってのその課題を、「沖縄」と「阿久比」で感じています。

文化度。

中国では今、大金を持った人たちによる、あることが流行っています。過疎化した村を丸ごと買って、ゆっくりゆったりと開発することです。その意味を聞いてみたところ面白い答えが返ってきました。「土地の文化度を上げ、価値を上げる」ということでした。次の消費をつくるには、次なる憧れをつくり出さなくてはならないという。それが「トレンド」という言い方ではなく「文化度」という言い方をしていたところが面白かったのでした。

お金でなんでも買えてしまう人は、やがて「お金では手に入らないもの」にお金を使いたくなる。そこには自分の成長があり、ものでは幸せになれないと気づいた先にあるものとして見えるのかもしれない。

よく言う「町おこし」とは、文化度をアップすることでもあると思う。商店街の活性化で、のど自慢大会をやっていては文化度は上がらない。多少、異質なものがあって、その背伸びによって人々は新しい成長を感じる。たとえばＪＡＺＺフェスとかをやる。たとえばフィールドバレエをやる。そこによその人がやってくる。等身大の自分たちを見せるのではなく、ちょっと背伸びした自分たちでいないと、次がない。

人って成長したいのだと思う。成長のない会社に勤めていても、給料が５００円ずつ上がっていくくらいの昇給しかない。成長を見せられない社長のいる会社など、辞めてしまったほうがいい。お金はないけれど文化意識が強いほうが、結果として心が豊かになると思う。人は心が豊かだと感じ、じんわりとあったかい状態に憧れるのだと思う。

文化とは「ふだん、どうせやることを、少し、良くしてみようという意識と行動」だと、ある博物館の館長は言っていた。どうせごはんを食べるなら、少しいい器で、少しいいお米を、ちょっといい椅子とテーブルでということだろう。少しいい器とはなんだろうか、と、考えたり見たりし始めるそれが、いい状態だと思う。

阿久比につくる自分の店が「阿久比の文化度を上げるきっかけ」になればいいと思っていた。そのためには、何をどう売る必要があるのか。それを考えたい。

会社に属して
働き続けたいと
思うには。

この季節に限らず、会社を辞める人が多い。前にもこのメルマガに「会社は結局どこも一緒だから、辞めてもくり返しになる」なんてことを書きました。そういう人は今の会社が不満で未来を感じられず、新しい会社、夢がありそうで楽しそうな会社に行きたいと思い、今の会社を一刻も早く脱出したいと考え始める。

しかし、そういう人が今、辞めようと思っている会社は、その人が夢を感じ、ここなら！　と希望を抱いて入社した会社には違いない。そういう人はたいてい2〜3年で辞めてそれをくり返す。もちろんちゃんとそう感じ、しっかり考えたうえでの転職もあるでしょうが、こうも言える。私たちが「新商品」に目が行き、長く使ってきたモノに対して、なんだかんだ言って捨てたりリサイクルに出したりして新しいモノを買う行動に移すように、そういう人の中には、こんな考えがあると思う。「新しい会社が好き」なのだ。「長く勤め続けるということ自体への関心が薄い」。

モノで言う「長く使い続けたい」と思える「モノ」と「長く働き続けたい」と思える「会社」の共通点は多い。モノの場合でざっとあげてみる。「メーカー側に続けようという意思がある」「環境に配慮がある」「同じ商品を使う仲間が見える」……。このまま10個ほどあげていけるのですが、ざっくりとひと言でいうと「社会と繋がる意識があり、いつまでも若々しい会社」ではないかと思う。

昔の「HONDA」や「SONY」のように、飛び抜けたキャラクターの創業者がそうした意識を牽引するなんてことは最近ではなくなった。その代わり「社会意義」を前面に出して、「いい会社」ヅラをする会社は増えた。そして、創業メンバーが、会社を日本の政治のように、若手に譲らずに問題となっている会社もある。話を戻します。

「社会と繋がる意識があり、いつまでも若々しい会社」とは、やはり会社にも商品と同じような「ターゲット年齢」の想定が必要で、それは30代~40代がいいと思う。20代は元気だけれど、経験がない。50代、60代は安定志向でややもすると向上心に欠け、自分の過去の成功体験にしがみ付く。そう思うと、たとえばいい雑誌と同じで「いつまでも想定年齢が保たれた企業」であってほしい。その年齢独自のフレキシブルな「仲間」との繋がりや「本音」を言い合う気質がある。未来に向かう意識もある（もちろん、20代、50代以上がそれがないとは言いません。僕も56歳だし……）。

辞めたい……と考えたくなる会社には、そうした「若さと若さからの思考」が薄れていると思う。
もちろんいちばん大切なことは「どんな未来に向かうのか」という社長のビジョンではあるが……。

企業は「社会で実現したい夢」を実行し続ける。その意識は長期にわたるし、そのビジョンに賛同した社員が集まってくる。そして、1人1人のスタッフは持ち場、職場ごとにそれを、「仕事に姿を変えた職務」としてそれぞれ実現に向かい、個人の生きがいとも重ねる。そんな1つ1つを会社は拾い上げ、褒めたり改善したりして、その企業が考える大きな未来に向かい続ける。

そして、その意識を常に「若々しい方法で」「社会と働くみんな」と共有し続ける。これを怠ると、人は「この会社に自分の未来はない」と感じ逃げ出して、そうした意識のある会社に転職したくなる。求人している会社は、そこをわかりやすく表面に見せているだけとも言えて、入社したとたん、入社した人自身がそれを感じる感覚を無くしていく。

会社に多くを求め過ぎる人はどこに行っても不満は尽きないと思う。会社に属するということは、やはり50：50の関係性で、その会社が提示しているビジョンに積極的に参加する意識が大切だと思う。そして、そうした会社は「そうした社員」を評価して、「そうした会社」の継続を図っていく。

僕は経営側なので、かなり経営側の考えに偏っていると思います。そして、僕自身の若い頃の、転職をくり返してきた経験を思い出して書いています。会社と自分との間に「社会と繋がる意識」「社会に提示するビジョン」があり、そこに対して働く側からも参加できる状況が若々しく存在する、ということに、昔の僕は関心を持ててなかったなぁと、思い返しながら。

「なんのために学ぶか」って、
あらためて大切だなと、
思うのです。

大学に行っていない僕は、大人になって思うことがたくさんあります。先生になった時も「学んでいないから、教え方がわからない」という経験をしました。そして、そのつながりではないのですが、「学び」を、「知識と情報だけを習得する」ことと勘違いしているな、と感じる人は多いです。

「知っている」ということと「できる」ことは違う。そう思うと、「学び」とはなんだろうと、最近特によく思うのです。高校を卒業して、大人になり、大学に行っていたら、もしかしたら「学び方」からの「学びの先」に、もう少し、気づけたのかもと思うのです。何かやりたいことがあって「学び」はある。僕はいつもそんな風に思っているので、常に、「やりたいこと」への「学び」は「学び」とは思わないくらい普通になります。

しかし、その枝葉、その奥行きがあると、「やりたいこと」への「学び」にも奥行きが現れて、とたんにゾクゾクするほど、楽しくなります。

知識や情報だけを持っている人は、やっぱりもったいない。その人に具体的な「やりたいこと」

が現れることによって、その「学び」は、永遠に成長していく。そんな風に、最近は漠然と「学ぶってなんだろう」と考えています。「学ぶ」って積極的に動いていくことなんだろうなぁと思うのです。「知っています」と言い放った瞬間、そこで止まってしまうものってあるなぁとも、思う。

D&DEPARTMENTを22年もやっていると、ただ販売するということから「学びある買い物」に進んでいきます。そんな「学び」って、料理ができるようになる、とかだけでなく、もっともっと周辺に対する奥行きまでも「学ぶ」ことになっていかないといけない、と思うところです。

ちょっと支離滅裂ですが、「なんのために学ぶのか」って、あらためて大切だなと、思うのです。

57歳の僕が選んだ「学び」の場は、ご存知のとおり「店」です。大学に大人になって通ったりするのも素敵ですが、僕は今、本当に「売り場」に立ち、お客さんから多くを学ばせてもらっているなぁ、お店に関係する仲間たちから学ばせてもらっているなぁ、と思います。人はやっぱり「前を向いて学び、新しいことを表現したり興味を持つこと」が大切だと感じます。

僕にとっての「店」は、何ものにも代えがたい塾であり、学校なんだなぁ、と思うのです。

座らない椅子。

自宅にずっとある、めったに座らない椅子があります。その椅子は窓際にあり、そこに座って外を眺めたことがあって、窓の外には桜の木が見えて、それはそれはいい眺め。妻はよく「椅子ばっかり買って、この椅子も座ってないでしょ」と。

でも思う。椅子ってそれでもいいと思う。その椅子がそこにあるだけで、「そこに座った思い」がずっとそこにある。桜の季節の暖かな陽の、心に映った景色と居心地がそこにあるようで、生活の居心地がずっとそこにあるようで。

よくよく考えると、僕は座る椅子よりも、座らない椅子のほうが好きなのかもしれません。それは別荘のようなものなのかもしれません。自宅という食卓椅子があって、そこには毎日通うように座る。けれど、窓際の椅子は、1ヶ月に1度くらい。

そこには、ちょっと心に余裕がないと座らない。何か機能があるというよりも、日常を少しだけ離れて、頭を空っぽにして「生活のようなふりをして、日常から少し距離を置く」。そこには日常はないけれど、「座る」という日常行為はある。

毎日座らないからといって、その質にこだわらなくてもいいかというとそうでもなく、その椅子の上質さを、結果として日常の忙しさの合間にふと思い出して、そこにある休憩の質を想い、頑張れるかもしれないと思う。

僕にとってのそんな椅子は、人によっては車かもしれないし、旅行かもしれない。なくてもいい、けれど、じつはそれがあるから、毎日が成立しているのかもしれない。そんな僕の椅子。

「ギャラリー意識のない"名ばかりのギャラリー"」

ほどみっともないものはない。

ギャラリーでの買い物は、ショップでの買い物と何が違うのでしょう。全国のdには「ギャラリー」を持つ店舗がいくつかあります。特に「ギャラリー」と明記し、スペースを持っている店舗は京都店、韓国ソウル店、富山店、沖縄店です。

まず、最初にはっきりと言えること、少なくともdとして意識したいこと、それは「ギャラリースペースはただの売り場であってはならない」ということです。ギャラリーは「紹介する場所」であり「自分たちの意識を表現する場所」です。その結果、そこでの販売をするという順序が明確なら、販売する「売り場」と兼ね合わせてもいいかと思います。

ただし、根底に「自分たちが伝えたいことを表現する場所」という意識を常に持ち、それを「重ね続ける」ことで、場所に「価値」が芽生え、育つわけで、「いつかはあの場所で展示をしたい」「あの場所なら、参加してもいい」という、一種の憧れになっていくイメージで企画展示をしなければ、スーパーの階段横の展示スペースと変わらなくなります。

そうなると、結果、「その程度の意識の店」という認識をされ、店の価値が下がります。やはりいちばんやってはいけないのは、「ギャラリー意識のない〝名ばかりのギャラリー〟」でしょう。これほどみっともないものはないと思うのです。

ギャラリーには夢があります。新しいモノやことを、広く伝え知ってもらう。そういう意識からギャラリーという空間をつくりたいと思うわけで、ギャラリーを持っている店は、やはり「私たちはただの店にあらず」という高い意識がある。ということでしょう。

全国にはそんな「主宰者の意識によって、文化的に憧れとなっていった場所」があります。それらは、最初はどの場所も同じスタートだったはずです。育てていった意識により、場所に価値が生まれ、１つ１つの手を抜かない展示や、ＤＭなどの写真やタイトル付け方、文章など表現により、特別なものとなって、やがて、文化や意識あるお客さんを吸引していく。

富山店のギャラリーは一時期、売り場になりそうなことがありました。しかし、店長をはじめとするコミッティメンバーの文化意識により、「売り上げも見込める意識あるギャラリー」へと成長していきました。京都店は京都ならではのつくり手のプライドにより、企画を一緒に考え、中には会期中、ギャラリーに仕事場の一部を持ち込み、自ら、接客や説明をする方々も。

今、格闘中なのが、沖縄店のギャラリー。スペースがあれば、売り場にして少しでも稼ぎたいという気持ちは当然のこと。しかし、ただの売り場ならいくらでもある中で、「意識と文化」を発信できるということは、巡り巡って上質なお客様を引き寄せられるということ。頑張ってね、沖縄店！

お客さんなんかに、

期待させ過ぎていませんか？

半年ほど前から、博多に「エアコンのない快適を売りにしたホテルがある」という噂を聞いていて、いつか体験してみたいと思っていました。冷風、温風など「風」で室温をコントロールするエアコンは便利ではありますが、乾燥したり室内外機のカビなどがたびたび問題になっている。そして、やはりモーターの音がする。それらがまったくない。大きなオイルヒーターのようなものと、室内の壁、床、天井に快適な温度をつくり出す独自の仕組みがあり、音もなく暖かいどころか、涼しくもなるという。これからの時代にぴったりと思い、「d hotel」にも採用できないかと考えての体験でした。

部屋には「7つの約束」という冊子もあり、オーガニックタオルを使用するなど、これまでにない快適性を売りにしたホテルをアピールしていました。そして僕は大いに期待をしていました。室料はゴールデンウィークということもあり、シングルで3万円。もちろん安くはないと書きたいところですが、ズバリ、高いです。でも、期待させるものが多く、とにかく体験したかったのです。

結論から書くと、その期待に反して、かなりがっかりしました。まず、お風呂、トイレがいわゆるユニットで、価格から見ると「?」と思いました。そして、家具などに「竹を使い……」的なこだわりがあるのはわかるのですが、それよりもこの価格なら、1人がけでもいいのでソファが欲しいと。要するに「くつろぐ」スペースであるはずなのに、かなり普通のホテルだったのです。

この宿泊を体験し、自分もホテルをつくっている立場として2つのポイントが見えました。

1つは、人って、常に「価格」からの期待と現実を照らし合わせるということ。ゴールデンウィーク中とはいえ3万円です。それなりの設備の質などを期待します。そこはおそらく様々にクリアすることもできますが、タオルなどの質をいくら上げても、ユニットバスの質にややがっかりするものだなぁと、自分で思いました。

そして、もう1つは、冊子やWebサイトなどで自己発信するPR。「期待を持ってもらう」ことも、やり過ぎると、現実と向き合った時にギャップがある分、それは「がっかり」に変貌してしまうのです。これも体験して思いました。クリーンな静寂を特殊な装置で生み出せても、壁や床が薄いことで、隣の話し声や足音が聞こえ過ぎる。エアコンの音がない分、隣の音がよく聞こえてしまう。つまり、静寂をＰＲする前に、基本的な建築構造からの「音」にこだわらないと何にもならないと思ったのです。

時代に先駆けた取り組みは大いに評価されるべきです。注目のホテルであることは間違いありません。ただ、ほんの少し「期待」を煽り過ぎたかなぁ……と、感じました。

「期待」って難しいなぁと、次は自分の番だということを意識しながら。

商売を
するということ。

自分によく言い聞かせていることですが「商売をする」ということは、「真剣にやる」ということです。なんとなく店がやりたいというのも僕は大好きですが、その気持ちの中に「なんとかなる」という気持ちはあるでしょうが、「商売」とはそんなに甘いものではないのです。「なんとかなる」という気持ちが半分以上を占めていたら、それはかなりの確率で「なんともならない」のです。

「真剣にやる」とは何で稼ぐか、誰に売るか、世間はどうなっているのか、時代はどうなっているのか……をやっぱり一生懸命、日々、考え、調べ、体験して「なんとなく」ではなく「はっきりと」分析していく必要があります。

「なんとなく店がやりたい」人は、好きなモノを仕入れ、家賃を払えば、まあ、形だけは整う。店のような状態は誰でもつくれます。しかし、そこに人が何度も通い、繁栄していくには、「商売」の腹でないと続きません。

生意気なことを書き連ねましたが、すべては僕のこと。僕もほぼ「なんとかなる」として「店のような状態」をかっこいい、かっこ悪いでつくってきました。それが「ネットショッピングの時代」によって、また若い人たちが元気に小さな路面店をつくり始めていく流れの中で、自分の夢よりも「生き残れるか」がよりシビアになってきたように思います。そして思うのです。「真剣にやる」というごく当たり前のことを、今一度肝に銘じる必要を。

当たり前のこととは「続けられるか」ということです。掃除をしたりお客さんのことを考えたり、新商品を考えたり……。店の何を「楽しい」と思うか。その中にはやはり「商売」の楽しさもないと続きません。好きなことでお店は続くとは思いたいですが、そう簡単なことではないのです。

積極的に

やっていくってなんだ？

これ、たくさんの人がわりと気づいていないことだと思います。今やっていること、事業なんかについて、簡単に言うと「惰性《だせい》でやってしまっている」というお話。「営業してる」「働いている」と思っているけれど、それに対して、じつは「積極的に」やっていない。そういう意識を持ってやっていないことが多い。「なんとなく会社に行き、なんとなく、与えられたことをこなすようにやっていく」感じ。メーカーでさえ、「商品開発」という、ものすごく積極的な感じがする行為も、意外と「積極的」にできていない。

仕事を頑張るってことは、そこに「積極的にやるとしたら、それはどういうことか」を考える必要がある。あまりにも惰性で仕事をしていると、仕事をすることが仕事になってしまっていく。時間がたくさん余っていたら、何かほかの可能性を探ってみる、とか、出張先で任務を終えても、その周辺に取引先がないか、取引商品を取り扱っている店舗がないか調べて回ってみるとか……。

もちろん、これは僕自身への戒《いまし》めで書いていますが、要するに「怠けたい」という気持ちがあるならまだしも、無意識に「やっていれば頑張っていると同じ意味」だと思ってしまっている「何も頑張っていないこと」ってのがあるという話です。

僕は京都の人の「手土産文化」は、本当にすごいと思います。ただでさえ忙しいのに、相手のことを考えて、相手が喜びそうな季節の旬なものをちょっと持っていく。これも、「仕事を積極的にやる」1つの意識行動だと思うのです。なかなかできません。

時間と想い。

愛知県にdをつくることを考えたり、沖縄に早く行きたいと思ったり、静岡の居心地を日に日に噛みしめたり、富山へなんとなく通うようになっていたり、東東京に新しく事務所を構えたり。

その土地に長く続いていることが、今とても、個人的にも、社会的にも大切なんじゃないかと思えています。それをひと言で言うと「時間と想い」なんじゃないかと思っています。

現代のデザイン教育に関して、大学などで教えていた経験から感じる問題は、その2つを教えてこなかったことだと思います。デザインは「消費」「量産」が思考のベースに置かれ、デザイナーは自分の生活でも使わないようなものを大量につくり、ばらまくように消費させている。最近の「民藝」への興味は、その反発的なもののように自然発生的に起こっています。

みんなが田舎に避難するように都会を離れる理由も、この2つだと僕は思います。都会のスピードの中では、1つ1つのことへ「想い」をこめるのがとても難しい。そもそもの前提に「お金」

があるので、たとえば家賃一つとっても高い。そんな場所代を心配するあまり、仕事を詰め込み、こなす。そこには「想い」など、込める余地はないと思うのです。

百貨店など「立地のいい場所」への出店ということについての考えが、僕らに限らず、とても変化しています。若いフットワークのいい人たちは、量産やお金への考え方、感覚が変わってきています。だから、いい立地の高い家賃をそのまま払うなんてことは考えない。それなのに、商業ビル開発関係者はいまだに、「高い家賃」をもらおうとしている。

いい繋がりを持っている小さなつくり手、発信者は、立地に関係なく成功しています。「立地がいい」というのは、ある意味、「想い」という手間のかかるものを省き、すぐに迷わずたどり着けるという「時間」的な有効さをうたっていますが、今は「想いがあるところに、わざわざ行く」ことが、楽しく、心地良いのではないでしょうかね。

それぞれらしく、
生きられる時代。

私たちは、高度経済成長からバブルを経て、今ようやく、「それぞれらしく、生きられる時代」を迎えているように感じますね。憧れの外車や憧れの土地に事務所を持つ。そのステイタス性で来る仕事の質も違ったり、うわべかもしれないけれど、交友関係も華やかになる。そんな時代、今も続いていますが、少なくとも僕は疲れました。

昔は「疲れた」というと「脱落」を意味するように感じましたが、それも含め、それぞれの価値観で生きるほうがいっそのこと、かっこいいのでは、と、そうした人たちも増えてきて、ま、つまり、メディアに登場してこない、超かっこいい生き方の人たちが、地方に、山奥に、島に、いる。

その感じがじわっと東京に伝わってきて、なんとなく東京にしがみついている僕みたいな中途半端なデザイナーに焦りを与えている。いい感じです、今。

そして、そんな日本に未来の自国を学ぼうと、特に中国からいろんなオファーをもらうようにもなっている。中国は本当に勉強家。高度成長、そして、正確には、今、バブル中に日本をお手本として未来への対策を練っているように僕には見えます。そして、もはや日本からは学びつくし、今はどこかの国に意識が向かっているようにも。

そういう世界、日本、地域を俯瞰で眺めるように感じながら、結局は自分の仕事に重ねて考える。自由に生きられるいい時代である反面、「何をしたらいいか」わからなくなっているところもある。昔は「トレンド」が自分のファッションの傾向を決めてくれたけれど、「もう、自由になんでも着ていいんですよ」となった時、人は、じつは何を着たらいいかとまどって「なんでもいいんだ」というモードになって「おしゃれ」を勘違いしていく（当然、僕も人のことは言えません）。

民藝運動のブーム再来がありましたが、結局、そのメッセージとは「何かが起こった時、あなたの人生のよりどころはなんですか？」ということだったのだと思います。自分の服のよりどころを「トレンド」や、それを表現している「ブランド」に依存し過ぎた結果、それがなくなった今、何を着たら「自分らしいのか」がわからなくなったように。どんな時にも、自分らしくささやかでも生きていく軸に「宗教」「祈り」というのは、けっこう、いいんじゃない？　というのが、あの「民藝（ブーム）」だったように、僕には思えます。

生きていくための、毎日を落ち着いて過ごせるための「自分の軸」を持ちたいもの。それがどんな時代になっても揺らがないものであればあるほど、どっしりと生きられると思うのです。

新しいこと。

最近、新しいことをやってないなと思います。今まではいつも「新しいこと、何やろう」と考えてきました。少なくとも1年に1度は。ここ最近「新しいことなんていらない」と、自分の中でどこか思ってきたところが正直あります。それは「モノ」の世界にいるからこそ「もう、新しくモノなんてつくらなくてもいい」ということと「新しいこと」をごっちゃにしていたのかもしれません。ここまで書いて、読んで頂いて「?」と思われていらっしゃる方はいますよね。要するに、どんな状況においても「新しいこと」ってあったほうがいいし、つくったほうがいい、という考えが僕の根底にあって、それを書いています。

古いモノやこと、昔のモノやこと。古びたモノやこと……。それらをあらためて感じるには、「新しい」モノやことが隣に必要だということです。隣というのは物理的な話ではなく、そういうものの対比が古びたモノを「新しい見方で見せてくれる」のです。それはわかりやすく「新しい」ほうがいいと僕は思っています。そして、最近、それを怠けていたなぁと反省するのでした。

ここ最近は「プラスチックマグ」をつくっています。そして、これまでのプラスチックの見方を少し新しく提案しています。

どんなことでもいいのです。役に立たなくても。新しい食べ方、新しい見せ方、新しい考え方……。人のためじゃなくてもいいんです。朝、なかなか起きられない自分のためだけに、でも。

ずっと"居心地"について
考えています。

ずっと〝居心地〟について考えています。外泊すればその場所の居心地を観察します。居心地とはなんなのか。ずっとその正体を探しているような感じです。

僕が年間170日くらい暮らす沖縄に借りているアパートがありますが、友人に部屋を貸した時のこと。「沖縄の部屋、いいよ」と言われ、「何が?」と思い尋ねてみると「皿や料理道具が揃っている」と言うのです。昔は部屋で料理なんてしませんでしたが、たしかにここ数年、外食に飽きたということもあり、自宅で簡単な料理をするようになり、結果、「やちむん」なんかを買い揃えるようになりました。

食材や調味料など「おいしいもの」「沖縄の食材」が部屋に持ち込まれ、何かが出来上がる現場感のようなものが「居心地」となってきたのかもしれません。そのほか、「かっこつけて読みもしない本」を「すべて読んで気に入った本」に総入れ替えしました。永久保存するような気持ちで東京や静岡から持って来たもの。この「本」による、「本当に読んだ」ものが並ぶ居心地ってあると感じました。

「シーツは完全にプロの業務用」。無印良品なんかの家庭用ではなく、多少面倒ですが、シーツはアイロンをかける綿100%の一枚布。糊付けまではしませんが、コインランドリーの強力な洗濯乾燥で、ピシッとしています。ベッドマットもホテル仕様。やはり業務用は常にシャキッとしています。この信頼感からの居心地も大きいと思います。

ここまで書いた「僕の居心地の良さ」をひと言で言うと「家庭のリアリティとホテルの緊張感」じゃないかと思います。家庭のリアリティとは「過ごした長い時間」であり、ホテルの緊張感とは「ずっと使い続けられる本気の備品たち」によるもの。そうした気配がまったく見当たらないと「居心地が悪い」となるのではないかと思うのです。

長くその場所にいたいと思うようになるには、そこに置かれたモノたちがまず、長くずっといたいと思ってそこに配置されていること。それが「居心地の正体」なのではないかと思うのです。

勢い。

大

好きな染色家の柚木沙弥郎さんが、91歳の時の雑誌の記事中で「人間はいつもワクワクしていないとダメなんだ」と言っていました。「情熱を持って白紙に向かっていけ」とも。調子のいい人や店、会社からは本当に「勢い」を感じられる。それはアーティストでも俳優でもサラリーマンでも学生でも感じられる。人間は動物だから、それを感じる能力がある。

僕はその勢いが、無茶でも無謀でもいいと思う。それはそれでやはり「勢い」には変わりない。ちょっと前に、若いスタッフの勢いについて、自分の価値観でそれを否定したことがある。その彼女はみるみる勢いをなくし、違う人のようになってしまった。本当に反省しています。

勢いは基本、止めてはいけないと思う。なぜなら、間違っていても、無茶でもその勢いはあとからつくり出せない。その勢いをそのままに、年配の僕らが導いてあげないといけない。ましてやブレーキなど踏んではいけない。年配の人はそうした若い勢いが「生意気」に見えたりして、それを潰してしまうような言動をしてしまうことがある。それは良くない。

勢いは「情熱」とセットになっている。情熱もつくり出せない。動物的なものだと思う。しかるべき時に、天から降ってくるようなものだと思う。だから、情熱があると感じている時は、どんどんやってしまえばいい。それが間違っていても、かっこ悪いものでも、それがあることほど、貴重なものはない。

そういうものがない頭のいい人は、理論で正当化しようとする。けれど、そんなものはなんの価値もない。もちろん「情熱」や「勢い」と比べたらという話ではあるが……。多くの人は勢いの重要性に気づかない。どこか冷静に常識的なこととしてそれを判断しようとする。けれど、そういう頭のいい判断が、世の中の創造性をダメにしていることが多いと感じる。世の中は、情熱を持った勢いのある人がほとんどをつくり出している。

僕は会社を経営していた頃、数字など見なかった。数字を見てわかることから決めていっても、予想できることがくり広げられるだけで、創造性がない。そんな無難なことをしてもなんらワクワクしない。勢いはつくり出せない。情熱を持った無謀な人によってのみ、生まれるものだと思う。そして、その生まれた「勢い」をみんなが感じ、高揚して、生きていることを感動する。

誰と生きるか。

先日、自分の田舎、阿久比町を、岐阜大学の先生と、今、一緒にプロジェクトを進めている建築家の方と散策しました。いろいろと雑談しながら、そして、それぞれの見地からの言葉の数々に笑ったり、うなずいたりしていくうちに、当然のことですが、あることを思いました。1人で同じコースを巡ったとしたら、まったく見え方、感じ方が違っていただろうということを、です。

様々な考察から言葉に出てきた「感じ方」に影響を受け、そう見てみる。「ここが面白い」と言った言葉のとおりに感じてみる。

1人ではこうはいかないなと思いました。

話は飛びますが、人生の伴侶としての結婚相手を選ぶ時も、新しい彼氏とつき合いを決める時も、その時は浮かれて気がつかないかもですが、自分1人では見えないこと、気がつかないことを、一緒にいることで感じ合い、気づき合う。

1人で気づく喜びや醍醐味もありますが、一緒に誰といるかで、同じ時間を過ごしても、旅しても、見方や感じ方が違ってきて、それはそれは奥深くなっていく。面白い。それはたんに情報を知ることだけではなく、「こう思う」という人の感じ方につき合ってみることで、新しい見え方を知ることができる。学識のある人との旅や、詩人との散歩……。逆に自分と一緒に過ごす人が、僕といることで何か人生において少しでも変わってくるのか……。

人は誰でもガイドなんだなぁと、思いました。今回の散策がきっかけで、もっと自分の故郷を歩いて感じてみたいと思いました。

お酒の呑み方。

中国の政府の方との宴席で、お酒の呑み方を学んだ話です。いつも感心するのです。彼らは基本「自分のペース」では呑みません。自分の話をして、他人の話を聞いて、そして乾杯。彼らにとって「お酒」は話し合う道具なのです。だから人が話している間に、自分の好き勝手なペースで呑むなんてことはありません。お酒を呑む席にいるということは「話をする」「話を楽しむ」という時間なんだと思いました。

とはいえ、だんだん酔っ払ってきますが、それは「対話を重ねた証《あかし》」ということでしょう。お酒と一緒にその人の思想や情熱も呑んで酔う。そうした状況を重ねていく中で、意思疎通や思考の共有が独特にできていく。少し、いや、そこそこお酒の力を借りたり、お酒の「酔う」という効能を使いながらでしかできない「雰囲気」を意識してその場を持つ。日本人にはない「呑み方」です。

今回は女性官僚も交じっていましたが、お酒の呑み方は男性とまったく変わらずで、出世するには酒が強くないとダメなようです。乾杯は会話のあと。そして何度も何度も行われます。だから盃は小さい。ただし、呑むお酒の度数は半端ないのですが……。

これは沖縄のお酒の呑み方にどことなく似ています。やはり「自分本位に酔っ払う」のではなく、ほろ酔い状態で心を開き合うということです。


最後にマメ知識を1つ。目上の人との乾杯は飲み口を相手より下に。呑みの席での時間が進むにつれて、そこに気づいた僕が発見したのは、飲み会の席という上下関係のリアル。それを理解しているか、という確認の行為でもあるようです。

これ、知っていると使えます。「お前は俺より下」「あなたは上」「あなたについていきます」みたいなことを一瞬で表現しているようで、なんだか面白かったのでした。

お酒に飲まれるな、とはよく聞きますが、あらためて「お酒」ってコミュニケーションの手段だなぁと思いました。自分の好きなお酒を自分のペースで呑むというのもいいですが、人がいて、その人との関係性を深める「酔わない」（酔い過ぎない）お酒の使い方、これからも学びたいです。

母にベートーヴェン。

父がいなくなった静岡の実家には、できるだけいるようにしています。とは言っても週末の土日くらいです。テレビばかり見ている母に「音楽を聴くのもいいよ」と言うと興味を示したので、一緒に家電屋さんに行き「CDラジカセ」を買い、何枚かCDも買いました。なんとなく演歌とかを聴きたがるだろうと思い、案の定、氷川きよしを買っていましたので、こういうのもいいよと、フジコ・ヘミングのCDをプレゼントしました。

ずっと、父がいることで母の行動は決まっていました。父が起きたら起きるし、父がいるから食事の支度をする。父が晩酌を始めると一緒に飲む。だから、いなくなったあとの様子を見ていると、なんとなく畑仕事は続けているものの、時々ボオッとしています。

何をしても誰にも何も言われなくなった今、今度は「自分の時間の使い方」の楽しさを見つけなければ、本当になんでもいいことになっていきます。そういう意味で母には、いつまでも父がずっと見ていた「アルプスの少女ハイジ」ばかりを見ずに、母が母と向き合う何かをつくったほうがいい。僕はそこに「音楽」が似合うのではないかと思ったのです。

夕食を2人で食べている間、母は「それ、聴こう」と、フジコ・ヘミングをかけました。まだ夕方で明るい時刻。ごはんを食べながら「風景を眺めながら、ごはんを食べるのもいいわね」とボソリと。これが氷川きよしでは、そう思わなかっただろうと思うと、クラシック音楽って、母のような普通の人の心にも寄りそうものなんだなぁと、思いました。

翌日、母のラジカセからは吉幾三が流れていましたが……自分の時間を考えて、もしかしたらベートーヴェンなんかを聴き出すような、そんな気がします。いつか母の口から「ベートーヴェンのさ……」と、会話の中にそんなことが起こったら、本当に面白いことになるでしょう。

人は誰しも心の中に音楽を求めている。それが生活の変化のとまどいを上手に埋めてくれる。そんな風に思いました。母とコンサートホールに行く日も、もしかしたら来るかもしれません（笑）。

不意の客にも
動じない事務所。

引っ越ししたての建築家、長坂常さんの事務所（スキーマ）に遊びに行きました。事務所は原宿からほど近い場所のいい一軒家で、伺うと所員らしき若者が、外で夕食らしき食事をしていました。しかも事務所は所員らによってセルフビルドしている真っ最中（と、聞いていますが）で、何やらすでに3ヶ月は経っていても、いまだ完成に至らず（笑）でした。
ちょうど打ち合わせ中で、それも会議室ではなく1階のおそらく工事中であろう場所に机を置いて。簡単に2階、3階と案内して頂き、感想としては「よく、あんな綿密な仕事をこの雑然とした環境でできるなぁ」と思いました。と、同時に、やはり優秀な人は環境など関係なく集中ができるんだな、とも思いました。

考えてみると建築の現場はとても過酷。外で蚊に刺されながら、肉体労働する施工の人たちと喧嘩しながら緻密に仕上げていく。泥まみれ、生コンまみれになりながら、それでも現場で修正したり指示したりするそれは、完成に向けた精密な取り組み。瞬時の判断と精神的、肉体的な過酷さの中でのクリエイションは、まさに、この長坂さんの事務所の様子そのもの（笑）。いやいや、すごいなぁと思いました。

さて、僕がいちばん感動したのは、ほかのクライアントもいるそんな中、「横に座っててください」と、通され、「おい、ビール買ってきて」とする状況。打ち合わせを片付けて次のクライアントに向き合う……ではなく、打ち合わせに打ち合わせを重ねてしまうのでした。すべてが同時進行で、クライアントもそれを承知、どころかそれを楽しみながら長坂さんに依頼してくる。

現に僕らも「ちょっと広報的にJEJUの件の打ち合わせしましょう」ということなのに、ここに来る前にはビールやらを飲んでいる。「長坂さんの事務所の打ち合わせなら、それくらい、いいか」という、なんとも砕けた意識があって、それでもどれだけ酔っ払っていても、やることはきっちりやる彼らって、本当にすごいと思いました。とにかく楽しい状況をつくりながら、実際は綿密に遂行していく彼らでした。

9月から（予定どおりいけば）馬喰町に引っ越す僕らD&DESIGN。ギャラリーと小さな

D&DEPARTMENTを併設し、アルコールも出すカフェも。ただでさえ仕事中に話しかけられるのが嫌いな僕なのに、友人がフラッとやって来て（店なんですから、当然）「おぅ、ナガオカいないの？」とか言われ、事務所の奥でひっそり仕事をしている最中に来られたら、正直、困るなぁ、なんてことをうちのスタッフと話していた矢先の長坂事務所訪問ですから、刺激が強過ぎて、「こんなの、絶対に無理」と。しかしそんなぐちゃぐちゃな状況の中で、次々と集まって来る場をつくっている彼らって、やはり素晴らしい人間性だなぁと思い、憧れすら抱くのでした。

不意のお客さんは、正直、自分の計画やペース、テンションが乱されるから、その相手がスタッフであっても僕は苦手。しかし、長坂さんたちを見ていて、もっと広い心で自分以外と向き合えたらいいなと、あらためて思うのでした。

新しい馬喰町事務所は、デザインセクションが独立したもの。しかし、店舗併設ですから、やっぱり夕方には仕事を片付け、不意のお客と一緒に飲むくらいの意識でやらないといけないなと、覚悟しています（笑）。

公開日。

SNSとか、Webとかで情報を配信する時、みんなが告知するタイミングがバラつかないように「公開日」というのを決めますよね。僕はそれが嫌いで、たいてい、フライングします。もちろん「バラバラと公開するとわかりづらい」とか、「問い合わせ先に迷惑がかかる」とか「秘密だから」とか「インパクトを与えるため」とか「複数の人たちの公平性」とか、いろいろあると思うのですが、うちのように100人くらいの会社なら、もう、そんなことどうでもいいし、このSNS時代に、情報をコントロールするなんて一方ではナンセンスというか、かっこ悪いように思えて、僕は平気で気が向いた時、気分が乗った時にTwitterとかでポイッと載せます。

たとえば、d静岡店を三ヶ日（浜松市）につくろうなんて話がありますが、これもおそらく公開してはダメな情報ですし、本店が愛知県東浦町に移る可能性が高くなってきたなんてことも、絶対にしゃべっちゃいけません。絶対に内緒です。『d design travel』誌の発行が年1回になるなんて、絶対にしゃべっちゃダメだし……。でも、知れてるんです。それに関心を持ってくれている人たちの数なんて。

そして、そういうフライングについて「あぁ、またケンメイさん、しゃべっちゃったみたい」と、苦笑いしてもらえればいい。それくらいの感じじゃないと、大企業みたいな、妙なことになってしまう。取引先に迷惑がかかる、とか、テナントビルに迷惑がかかる、とか、あるのでしょうけれど、公開日なんて、どうでもいい。「なんか、そうなるらしいよ」っての、楽しいんじゃないでしょうか。

沖縄店が9月2日に移転オープンします。これも移転先のPLAZA HOUSEと「情報公開日」を決めましたが、その「いつにします?」という機密会議の日に、僕だけ公開しちゃっています。でも、知らないでしょ、みなさん。そんなものです。

みんな、大企業のようにビクビクしてはいけません!(笑)。小さな組織、個人なら、そうした小ささが最大の個性なのです。ということで、「d news aichi agui」に関してはオープン日がなかなか決まらない、ということを公開しています(笑)。毎日の様子を公開すればいいのです。ゴールなんて、決めなくても。ゴールなんて決めるから、「急がないと」いけなくなる。「急ぐ」と、ろくなことはないです。

クラファンの
コツは
ありません。

よく「クラウドファンディングでどれも達成していますが、コツを教えてください」と聞かれます。答えから言うと「そんなものはない」のです。しいて言うとしたら「本気でやる」でしょう。本当に達成したいと思うなら、あれもこれもやらないといけないし、毎日、毎時、毎分、その思いは続くでしょう。だからいくらでも、ＳＮＳにその気持ちは何千回、何万回とくり返し書けますし、説明できます。

僕は高卒で頭が悪いという開き直りで、それを強く自覚しています。だからこそ「一生懸命に覚えようとしなくても、覚えてしまう人」とだけ、何かをするようにしています。頑張って覚える能力も体力もないからで、そして、そんな僕が覚えてしまった人とは、相性が自然といいのです。これはもう動物的なものでしょう。本能というか……。

頭のいい人はコミュニケーションも上手ですが、僕はとても下手で苦手です。だからそこも動物的にやります。もちろん、「わかりやすい説明」を求められることが多いですが、そういうプロジェクトは僕には向いていないのでさっさとやめます。要するに「気になる」ということが僕にとって、ものすごく重要なのです。

そして、その「気になるセンサーを磨く」という努力は大切にしています。とはいえ、それは「気になったら、行動する」だけなのです。それを怠ることが「努力しない」ということになります。まぁ、怠け者なんだと思います。

クラファンは「自分が本当にやりたいことにみんなを誘う」行為だと思っています。そこには「本当に自分がやりたい」という気持ちがないとできません。なのでいつも僕は、「オールオアナッシング」というコースでクラファンをします。1円でも目標額に届かなかったら無し！　というコースです。期限を迎えてそれまでに集まっただけの支援金を使えるという一般的なコースではない方法です。その理由は、そもそもの大きな目的は目標額の達成ではなく、目標にしていることの実現に満票をもらいたいからです。それにはその目的への「僕の思い」の本気度を伝えるしかないのです。ということで、クラファンのコツは、ありません。

ラグジュアリーと
プレミアムは
まったく違います。

ラジオエルメスに出ることになりました。さて、そのテーマが「ラグジュアリー」です。エルメスのチーフデザイナー、ヴェロニク・ニシャニアンのABC-bookという企画らしく、いろんな人がエルメスを擦《なす》りながら「A」から「Z」の何かを語るという。そして、よりによって僕は「L」で「luxury」だそうです（たぶん、企画者の伊藤総研さんのイケズ。笑）。放送台本に書かれていることをここに書き出しながら、整理してみたいと思います。

まず「ナガオカさんはラグジュアリーという言葉をどう捉えているのでしょうか」です。ラグジュアリーを日本の辞書で引くと「ぜいたくなさま。豪華なさま。また、ぜいたく品。高級品」とありました（笑）。プレミアムってのも気になりますね。

そもそも日本って「ラグジュアリー」なものやつくり手などの物語がものすごくあると思います。僕はこの辞書の訳を見て、やっぱり日本人って、そもそもラグジュアリーのことを勘違いしているし、そのつくり方すら「得意ではない」人種なんだなぁと思いました。

一方で「プレミアム」はたぶん、日本人は大好きだし、そのつくり方も好き。そもそも「ラグジュアリー」と「プレミアム」についても、整理が必要かもしれませんね。「プレミアム」はブランドのつくり方の話ですね。マーケティングとかちゃんとやって、競合する対象と差別化していく中でのポジションのことでしょうね。「ラグジュアリー」はそういうのをいっさい吹っ飛ばしてますよね。顧客や競合のことなど考えず、自分たちの世界観、デザイナーの世界観を訴える。たった1つの……みたいなことでしょう。だから、圧倒的なものがないとそう呼ばれない。

日本人って世界的に見ても目が肥えている人種だと思います。だから可能だとは思うのですが、そもそもマスブランドづくりのほうが好きだし得意だから、「ラグジュアリー」のつくり方がわからない。きっと、難しいんじゃないかと思います。諸外国の「ラグジュアリーブランド」のつくり方を真似ても、会社の体質が変わらないと、つくり出せないと。レクサスですらじつはラグジュアリーブランドになっていない。

変な表現で正しいか若干自信がありませんが、レクサスって、トヨタのプレミアムブランドなんだと思います。圧倒的なものがあるはずなのに、うまく見せられない。というか、やっぱり日本人ってその育ちから、ラグジュアリーの実践って難しいと思います。ロングライフデザインって、ちょっとラグジュアリーを擦ってますね。僕も講演とかの時、よく「独創的」とか「競争しない」みたいなキーワードをこうしたロングライフデザインにかぶせて話したりします。

プレミアム商品は、マーケティングやポジショニングによるので、常に前後左右にわかりやすい比較対象がある。激安ブランドが現れたらバランスを崩すでしょうし、そこからラグジュアリーを思うと、わかりやすい品質改善なんかの努力を惜しまず、その代わり、世界観を徹底的につくり込み、おまけに価格をうんと高くする……。あ、1問目でこんなに書いてしまった。僕はラグジュアリーとは圧倒的な価値、そして、その見せ方だと思うんです。だから「ぜいたく品」なんて訳されることからして違いますね。

よく価格の話になりがちで、ぜいたく品とか言われちゃうのですが、価格の安いラグジュアリーってあると思います。でも、日本人はきっと「それはないよ」と言いそうですよね。「圧倒的な世界観」のある価格の安いものはあるのに、ラグジュアリーとはそもそも「豪華なさま」とか言われる。もっと価格なんかにとらわれず、その本質を見れば、「これって、安いけれど、ラグジュアリーかもしれないな」というものは、結構あると思います。

たとえば、京都の開化堂はラグジュアリーブランドだと思います。ちょっと価格は高め。でも、買えなくはない。そして、徹底的なつくり込みと経年変化を楽しめる提案……。何十万もしないです。

そういえば、フェラーリとレクサスの違いは、フェラーリをつくっているのは「職人」です。エルメスも結局は「革細工の伝統工芸」ブランドです。日本にも「伝統工芸」はたくさんある。しかし、それを「ラグジュアリーブランド」にまで持っていけない。レクサスはマスに向けて「ラグジュアリー」層が好みそうな広告表現をしていますが、フェラーリは広告などしない（ほぼ）。そして、職人工房としての工場をPRに使う。その手ぬるさが、レクサスがラグジュアリーになれないところだと思うんです。あ、ちょっとこのあたりで今日はやめときます。あ、やっぱり、続けます（笑）。

もう、今回は「ラグジュアリーとは何か」でいきます。

ヴェロニク・ニシャニアンの投げかけを正確に書き写すと「ラグジュアリーという言葉からは何も定義されないし、大きな意味もない」だそうです。これについてナガオカさん、どう思いますか？

というのが、番組の本題です。

これについては、「圧倒的」だからだと思います。類似するものがない。定義するのは「プレミアム」の話で、ラグジュアリーは圧倒的過ぎて、比較できないということなのでは、と思う。「大きな意味もない」とは、やはり「圧倒的」過ぎるということの表現のように思います。ラグジュアリーとされるブランドは、そもそもラグジュアリーを求めていたわけでも、そうしたターゲットに向けて意識していったわけでもなく、本当に自分たちの追求でしかなかったと思うのです。そういうことから「意味とかじゃねーよ」的なことだと思います。「超越」している。

細かいこと、たとえば、エルメスのショーウィンドゥをデザインしている人に会ったことがあります。中国の奥地で伝統的な造形をつくっている人たちで、そういう人を探し出し、彼らに仕事の場を与え、気の遠くなるような彼らの手仕事を認めている。でも、そうした情報はいっさい出していないし、たぶん、出す気もない。そこに広報的なコントロールがあるかないかは知らない。そうした俗なことはどうでもよくて「もっと本質的なモノづくりについて話そうよ」みたいな感覚なんだと思います。

京都の一保堂茶舗さんは、「このパッケージのデザインはどなたですか」みたいな質問にはいっさい答えません。そんなこと（情報）を、ブランドをつくる要素にしたくないということだそうで、普通はそのデザイナーが世界的に有名なら、それは十分、PR価値があるものとなる。しかし、それをしない。エルメスの姿勢、先のヴェロニク・ニシャニアンの「大きな意味もない」というコメントは、「どうでもいいよ、そんなこと」って感じなんだと思いました。

もう1つの質問として、こんなのを頂いていました。「価値を失わず、人々に長く必要とされる〝モノ〟には、何が備わってるのでしょうか」「見栄え重視な贅沢品ではない〝ラグジュアリー〟のその先にある価値・意識とは？」

最終的には「心」なんだと思います。形の美しいモノができる時や、「美しい」と感じられる時って、「宗教が健やかだったから」だと言われています。そして、現代は美しいモノがつくりづらい時代だとか。感動ってタダではできません。ある人が「感動するにもお金がかかる」と皮肉を言っていました。要するに、勉強しないと自分の感動センサーが働かない。そのセンサーは、いい自分の状態や社会の状態をベースに、自分で直接、美しいものを見まくる。お金と時間をかけて「自分の感動の前提」を構築していく。独自のセンサーを開発する。そうすることで初めて、人が感動しないような普通のことにも、感動できるようになる。

価値って、普通、誰かがつけたものですよね。松平不昧《ふまい》が付けたランクに沿って、「そうなんだ」と思いながら自分も感動の勉強をしていく。

ラグジュアリーをわかる人って、2種類いるでしょうね。1つは本当にたくさんのモノを見て経験した結果、モノの見方や感動のセンサーが完成した本物同士（つくる側、購入する側それぞれ）、お互いが出会い、手に入れるための本当の目を持った人たち。

もう1つは、そんな人たちの影響で、そこに憧れや目標を持っている人。後者ってたぶん、品はないんでしょうね。だからわかりやすいほうがいいし、わかりやすくないと「ラグジュアリー感」が感じられない。車なんてそうですよね。内装に本質を求めるよりも、わかりやすく「人と違う状態」にしたがる人ってそういう人でしょう。

ラグジュアリーって、純粋な世界だと思います。柳宗悦が言っていた「お金がなくても買え」。民藝でいう「直感」じゃないでしょうか。モノと人の目との間に、混じり気のあるものを置かない。いくらだろうとか、家に入るかなぁとか……。

モノって、本物と偽物ってよく言われます。本物はあると思いますが、本物を意識したモノってのがあるでしょうね。そして、普通のモノがあって、偽物があって。

本物でも「何をもって本物なのか」と思いますよね。ある雑誌が「本物を持とう」という特集を組んだとします。そこで「これは本物」と言われたら、人は本物だと思うでしょう。本物って定義が難しい。でも、本物はある。それはいくつかのハードルを越えた人じゃないと語れない世界だと思います。僕なんか、全然わかりません。だから、そういう世界が苦手だけど、それでも「本物」を知りたくて、それを、人の決めた基準ではなく「時間」の経過で表したかった。それが「ロングライフデザイン」です。「時間が証明しているいいもの」です。時間ですからね。誰がなんと言おうと、100年続いているモノづくりって、やっぱり凄いです。ラグジュアリーって、この時間も飲み込んでいると思います。

まぁ、どうでもいいんですが（笑）、僕はプレミアムはつくり出せても、ラグジュアリーはつくれないと思います。ある意識で相当の条件が積み重なり起こる現象のようなものでしょう。晴天を人間がつくり出せないような。そして、ラグジュアリーの価値を感じられるという人も、急にはつくれないでしょう。その真似事はいくらでもできますが。

日本にも相当真似のできない文化、モノづくりがあると思います。しかし、内に秘める日本のスタイルと海外のラグジュアリービジネスは、やっぱり前提が違う。なので、日本式のラグジュアリーを追求していけば、日本だけのことを考えていく必要はあると思います。だから日本には、ラグジュアリーブランドは（つくれ）ないです（笑）。

まとめたあとに、d日本フィルメンバーとまたしても続きを。そこでもいろいろ考えました。

ラグジュアリーとは、やはり「健やかさ」「欲のない」「健全な」「上質な」というのはありながら、少しだけ「ビジネス」の香りは漂わせています。

たとえば、モーツァルトなどは宮廷音楽家で、あくまで宮廷からの依頼で作曲していましたが、ベートーヴェンはお抱えではない。曲を提供して（捧げて）、見返りとしてのお金を頂くという、微妙なことをしています。これぞラグジュアリーなんじゃないかと思うのです。

そこからこうも思いました。納期を守るのは「プレミアム」、守らないのは「ラグジュアリー」（笑）。自慢の麵がなくなったら終了の蕎麦屋さんは、ちょっとラグジュアリー。自分のペースがあるからロングライフデザインでもいられる。

消費されない構造になっている、たとえば、絶対的な何かが下支えしているようなものは、ラグジュアリーの中にあるでしょうね。いろいろ考えていって、そもそも「言葉」に置き換えられるって、ラグジュアリーじゃないなぁと思いました。説明してわかってもらうことが必要なくなればなくなるほど、ラグジュアリーなのでは、と。そういう世界に住んでいれば、いちいち説明など必要なくなります。そういう共感の関係性がないと、ラグジュアリーな状態にはならない。

ラグジュアリーとロングライフデザインって、共通点は多いと思います。

コロナから学ぶこと。

11月1日から自粛解除ということで、あらためて考えていました。コロナによってなされた自粛から何かを生かし、学べないかということです。呑み助の僕にとって「夜にお酒が飲めない」ことは本当につらかった一方、ラストオーダーが20時というのは、じつはいいのではないかと思っています。

僕は店を夜の9時で追い出されたら、自宅で呑み続けますが、それもいいのではないかと。うがい手洗いの徹底なんかは、そのまま続行すれば、風邪の予防にもなる。店の入り口の消毒は手に住んでいた「皮膚常在菌」を殺してしまう恐れから、まぁ、撤去。バスや空港などの消毒は、少し軽減したとしても、続けてもいいかもですね。

「席の距離を置く」は、映画館とかを経営されている方にとっては利益半分で、つらいでしょうけれど、今後は席の間隔を今までより少し空けた配列なんてものが出てきて、間を少し空ける習慣みたいなものが残るといいなぁ。テイクアウトはとにかくゴミが出るので、「家からお皿を持ってくる」みたいな習慣が、この際根付くと面白い。

「ひと組ずつの入店」をしている小さな店なんかに遭遇すると、結局、店内のレジに並んでしまうよりもゆったりお買い物ができていい。レジを打つアルバイトさんたちも、ちょっと気持ちが楽になるかも。店を予約するというのも、加速してもいいと思う。何時に来る人が誰なのか事前にわかると、接客も少し変わってきていい。店じゃないところ、たとえば広場や川の土手なんかで飲んだり食べたりするのも、ポイ捨てや騒ぐことについてのマナーさえしっかり守れば、なんか開放的でいい。店が「外の席」から埋まっていく感じも好き。

僕はかなり自炊をするようになりました。結果、いい料理道具が欲しくなりました。家で過ごす時間が増えると、そこで使うものの「質」を上げたくなります。これもいいことですよね。僕も結果「自炊」していて、家の中で友人と食事してお酒を飲むことが本当に増えました。飲食店を営業している経営者にはあれですが、お取り寄せも含め、「家でみんなで食べる」って、とってもいいですよね。

食べることばかり書いてしまいましたが、家のゴミがとても増えたりしたことも含め、考えるきっかけにしたいものです。でも、握手したり、ハグしたりはしたいものです……。時間も席の間隔も「ゆったり」する癖がつくと、いいなぁ。

僕の原稿。

僕は「自分の原稿を直される」のが嫌いです。特に嫌なのは「こうしたほうがわかりやすい」とか「漢字の使い方が間違っている」といういたって基礎的なこと（笑）。まぁ、「基礎的なことが間違っている」から直されるのは当然なのですが、僕はいつもこう心がけて書いています。「本当に思ったことを自分がしゃべるように書く」です。それにはどうしても「下書き」もしたくないし「訂正」なんてもっとしたくありません。わかりやすいように書く気がないし、間違っていても伝わることのほうが大事だと信じているからです。

よく「文章は残りますから」と言われますが、何度も何度も訂正した、げんなりした気持ちが文章として残ることのほうが、僕はよっぽど嫌です。「しゃべるように書く」というのは、つまり、その時の気持ちのまま、吐き出すように書くということで、よく誤字脱字、句読点がどんどん重なって文章が途切れず、読みにくくなっていきます。でも、吐き出すことに意味があり、文字なんて間違っていても僕は平気ですし、「また、ナガオカさん、文字間違っている」くらいに思ってもらっていいです。とにかく「その時、ナガオカはどんなコンディションだったのか」を感じながら内容に触れてほしいのです。

自分の原稿を直されると「僕はライターではないので」とはっきり直されることを断ります。そして、名前を出して署名として書いているので「ほっといてほしい」のです。おそらく、編集業や、メディアとして責任のあるポジションの新聞とかＮＨＫとかは、そうすることは仕方ないとは思いますが、特に社内でそれをやられると、本当になんなのだと思うのです。会社の代表が誤字だらけの文章で平気なのですか？　と言われそうですが、僕は僕の気持ちを吐き出すので精一杯なので、正確にわかりやすくなんて考えていたら、自分らしい言葉が産めません。

僕は学歴社会で生きていないという自覚があります。学歴社会に住んだり、依存している人たちは、文章にそんなことがあると、恥ずかしいでしょう。しかし、僕はそこには住んでいない（正確には、住めなかった）ので、そんな基礎よりも「自分らしいこと」のほうが、生き延びていくには必須です。

と、いうことで、これからも誤字脱字で句読点もふんだんに、正直にそのまま無添加で参ります。

僕は暴走族を見かけると
「やってるなあ」と思います。
彼らは「若い」のです。

僕は暴走族を見かけると「やってるなぁ」と思います。うるさいとか、いい加減にしろとは思いません。もちろん、迷惑行為ではありますからダメなのですが、みなさんも心当たりがあると思いますが、「若い」から仕方がないのです。エネルギーが有り余っている。道徳とかよりも発散したい気持ちがある。なんならめちゃくちゃになってしまえと思っているでしょう。時に重大なことに繋がってしまうかもしれません。

大人がいくら叱っても聞こうとしない彼ら。彼らは「若い」のです。良い、悪いは置いておける。とにかく悪気はなく若いのです。若さとはそういうものだと思うのです。僕も大人になった今、昔の10代でやらかしてしまったことを思い起こすと、本当に人間として恥ずかしくなります。いろんな大人や社会に迷惑をかけました。家庭裁判所にも何度か……。でも、緩やかな親や大人たちの見守りの中、自分で自分がやらかしたことに向き合える「状態」になっていきました。それが「大人になる」ということなんだと思うし、「大人」ってそういう人たちなんだと思うのです。「若さ」を持った若者を大きな心で見守れる人。そんな大人に少しではあっても出会っているから、私たちは大人の階段を多少踏み外していながら、登って今に至っています。気がつかないところで、そっと寄り添ってくれていた大人たちがいたのです。

商店街のシャッターにスプレーで落書きをするのも、スケボーで公共物を傷《いた》めるのも、やってはいけないことです。もちろん彼らも「わかっていない」わけではないのです。しかし、それ以上に「若さ」からの「勢い」がある。迷惑かけてやれということではない、若さからの過《あやま》ち。ほぼ60歳になった僕は、そんな経験もあるからこそ、なんだか彼らを一方的に責められない。怒鳴ってやりたいこともありますが、ある種、健全と言えなくもない反抗期は、やはりある程度、あったほうがいいと思うのです。

若いからできることは、大人が大人の社会でできることと同じくらい、いえ、もしかしたらそれ以上にたくさんあります。そう思います。暴走せずして若者ではない。大人になったみなさん、若者のそんな若さからのいろんなことを、あたたかく見守ろう。そうしないと、未来が面白くはなりません。

友だちの友だち。

ある朝、中国の知り合いの紹介で一軒のお茶の問屋さんに行きました。朝、相当早いのに、僕らのために店を開けてくれていました。中国茶を振る舞ってくれて、朝ごはんも頼んでくれて……。あとで一緒に行ったホウさんに「彼はなぜ、僕らにこんなにまで尽くしてくれるの？」と聞くと、「友だちの友だちだから」と。「ナガオカさんだって、親友にその人の友だちが遊びに行くからよろしくね、と言われたら、いろいろ世話してあげるでしょ？」と言われ、そのとおりだなと思いました。

もちろん、人生53年目。そういうことはいっぱいあったと思います。しかし、ここにきてあらためてそんな体験をして、「友だちの友だちってそうだよな」と思いました。これはある意味、京都にとてもよく似ています。そして、東京にはかなり希薄な気もします。と、書きながら、東京とか関係ないですね。人の問題でしょう。

友だちの友だちを大切にすることで、友だちとの絆がより深まる。そう思いました。そして、そのように広がっていく関係や状況って、とても健全だなとも思いました。当の友だちはいないのに、その友だちの友だちと呑み明かしている。なんとも不思議ですが、なんともいい感じです。

自分の大切な友だちを託せる友だち。そんな人間になれたらな、と思いました。

ナガオカケンメイとは

1965〜

北海道室蘭市生まれ。十勝沖地震により家が崩壊したことで、父の勤務する新日本製鐵の支社である愛知県名古屋製鐵所に避難、転勤。３歳より愛知県知多郡阿久比町《あぐいちょう》に移り住む（現在のd news aichi aguiのある町）。


1975〜

小学校に新任教師としてやってきた伊藤義和先生によって「長岡賢明」（本名はナガオカマサアキ）を「ナガオカケンメイ」と呼び間違えられ、その時から「ケンメイ」と名乗り、表記をカタカナにする（以降、高校３年までテスト答案用紙の氏名欄にまず、大きくバツを付け続けられる）。中学校、高校のバイト代は東京・原宿「SASHU」の美容院代と交通費へ。


1985〜

高校卒業後、年齢と職歴を偽り文京区本郷三丁目の印刷会社「北斗社企画室」に入社（この会社がある本郷三丁目の地に32歳の時、デザイン会社「DRAWING AND MANUAL」を設立）。


1990〜

東京のデザイン事務所を数社渡り歩き、挫折して故郷・愛知県へ避難。喫茶店正社員（調理部）の休憩時間を使って制作し応募した公募展で準グランプリを受賞し、小学校の時から憧れていた「日本デザインセンター」に入社。原研哉氏と「原デザイン研究所」を創設。全社員の中でただ１人携帯電話を持っていた。在職中に「株式会社広告省」を設立、解散。


1997〜

本郷三丁目に「DRAWING AND MANUAL」を設立。のちに菱川勢一、飯野圭子が加わり、動くグラフィックデザインの展覧会「MOTION GRAPHICS」展を主催。以降４年間続く。


2000〜

事務所移転を機に、ロングライフデザインをテーマとしたストアスタイルの活動体「D&DEPARTMENT PROJECT」を発案、起業。47都道府県に１ヶ所ずつ、その土地で長く続くモノを紹介・

販売する場所を東京、大阪、北海道につくる。「情熱大陸」「課外授業ようこそ先輩」に出演。

2005〜 日本デザインコミッティー最年少会員となり、「DESIGN BUSSAN NIPPON」（松屋銀座）を企画、開催。その後、渋谷ヒカリエ８階に日本初の物産ミュージアムとして「d47MUSEUM」を設立、運営、継続。「D&DEPARTMENT」を、長野、香川、鹿児島、福岡、静岡、山梨などに展開。「Comme des Garçons」と「GOOD DESIGN SHOP」を立ち上げ、東京、ロンドン、パリ、ニューヨークに展開。『ナガオカケンメイの考え』（アスペクト）出版。「ガイアの夜明け」出演。

2008 『ナガオカケンメイのやりかた』（平凡社）出版。

2009 『ナガオカケンメイとニッポン』（集英社）出版。

2010〜 毎日デザイン賞を受賞。47の日本の個性を紹介するトラベル誌『d design travel』を発案、創刊し、47都道府県号の47冊を目指す。初代編集長となって、２ヶ月間をその土地に暮らし、丁寧に「その土地らしい場所」だけを取り上げて１冊にまとめていく。日本の1960年代の創業時の商品でブランディングする「60VISION」発案。カリモク60などを誕生させる。「カンブリア宮殿」出演。

2015 「D&DEPARTMENT」中国」（碧山）、韓国（ソウル、JEJU島）開業。

2020〜 「D&DEPARTMENT」福島、愛知開業。「D&DEPARTMENT」の新業態「d news」を、故郷の愛知県阿久比町にクラウドファンドにて資金調達し開業。プラスチック製品を「一生もの」として再定義する「ロングライフプラスチックプロジェクト」を発案。プラスチックメーカー数社と展開を開始。

2025
〜

「d news okinawa」を宿泊業として開業。３部屋のうちの１部屋に移住。全国の「D&DEPARTMENT」との商品開発を積極的に行う。１００円ショップとの協業で「ロングライフデザイン」コーナーを展開。「LONG LIFE PROJECT」を立ち上げ、多くのロングライフデザイン商品を保有するメーカーと運動を展開。 これを書いているのは２０２３年７月なので、「未来予想」というわけですが……。

「ナガオカケンメイのメール」担当者から

ナガオカケンメイのメールがスタートする2012年は、東日本大震災という予想を超える災害を経験した翌年であり、原発が一時稼働ゼロ、消費増税法が成立、オスプレイが沖縄に配備されるなど、価値観の転換期がやってきた頃ではなかったでしょうか。そんな時代の中、私たちに「メルマガできませんか?」と問い合わせメールを頂きました。

ナガオカさんのご友人である吉川さんから、ナガオカさんが有料メールマガジンをやってみたいので一度お会いできませんかと。そんなことあるんかなと半信半疑で、炎天下、汗だくになりながらD&D東京店に続く道を歩いたことを今でも鮮明に思い出せます。

お会いすると、ナガオカさんから『お金を払ってでもほしい』モノやことはたくさんあるけれど、そんな価値を自分で提供したくなり、それをメルマガで実現できませんか?」と。

やりましょう! こうしてナガオカケンメイのメールチームが結成されました。

メルマガ自体の方向性としては、吉川さんが担当編集となり、デザイン活動家であるナガオカケンメイの日々の考えや進行中のプロジェクトについて週1回配信していくことになりました。今でこそ、デジタルコンテンツの定期購読（サブスクリプション）でのサービス提供は一般的になりましたが、当時は先行事例も少なく、イチからのスタートです！　そして毎週毎週、原稿がやって来ては（もちろん、ギリギリの時もあり！）、決まった日時に読者のみなさんにお届けするのは、今でもドキドキわくわくしながらの作業です。

スタートから11年、ナガオカさんのアイデアは変わらず湧き水のごとく溢れ出ながら、国内外を飛び回りプロジェクトを進めていき、その様子を自分の言葉で発信し続けている。時には気分が乗らなかったり、もちろん落ち込んだりという感情も伝わってくることもありました。スタート当初はペースがつかめず、金曜日の配信日は、土曜日、日曜日、月曜日と1日ずつずらして、ようやく現在の火曜日に落ち着きました。

タイトルだって変わったこともあります（笑）。しかしながら、毎週自分ごとを原稿に書くというのは、とても大変な作業です。それでもギリギリだろうが遅れようが、原稿を落とすことは一度たりともありませんでした。ナガオカさんはよく、「このメルマガの価値はなんだろう」とおっしゃっていますが、「ナガオカケンメイの視点と実行力」だと思います。そしてその実行力を支えて頂いているのが読者のみなさまで、メルマガが長く続く力になっていることは間違いないと思います。

3人くらいナガオカさんはいるよなと思う時があります。あそこであーしてたよね、そしたらこっちでこーしてるやん、あら、そしたら原稿が来たで。というくらいめまぐるしい。でも、きっとそれはこれからも変わらないに決まっている。止まることなく、ブツブツつぶやきながらも、活発に発信していくデザイン活動家・ナガオカケンメイさん。その言葉は今後も誰かの心に響いて、そして動いて、続いていくことでしょう。それが、ナガオカさんの才能なんだと、並走した者として断言できます。デザインとともに走り続けてください！　そして、面白い交わりの場をたくさんつくってください！　いつでもどこでも遊びに行きます。

蛤《はまぐり》／葛城真・金谷仁美

あとがき

僕は何かを思いつき、立ち上げ、継続していく時に2つのことをずっとしてきました。もちろん今もです。何かを思いつきますが、いつも1人では何もできずに必ず誰かを誘って実行してきました。何もできないというか、思いついたあと、誰かがそばにいないと「続かない」のです。

中学校1年の時に自動車会社「SEKOー自動車」を立ち上げた時も、競合の「SARUTA自動車」を引き込んで、結果として「SEKORUTA自動車」として中学卒業まで経営。高校の時、雑誌『不燃物』を創刊する時も、複数の仲間と編集部をつくり立ち上げました。それから大人になり映像デザイン会社「DRAWING AND MANUAL」を立ち上げたのちに、やはり1人では続けられずに、映像作家の菱川勢一、マネージャーとして飯野を巻き込み、今も続いています。

そしてもう1つの、自分が「何か始める時」の特徴は、「自分が個人的にやりたいこと」であると同時に、「社会に向かって提示し続ける」というスタイルで、それは「展覧会」であったり「出版」であったり「社会性を持ったテーマ設定」であったりしました。D&DEPARTMENTに「ロングライフデザイン」という社会的なテーマを持たせているように、です。つまり、「仲間」という梅干しを、「個人的にやりたいこと」というごはんに詰めて握り、「社会性」という海苔を巻くおにぎり。のようなことを、毎回、必ずやってきました。なので僕のアイディアには必ず「梅干し」（仲間）が入っていて、「海苔」（社会的メッセージ）が巻いてあります。

そんな様子をプロダクトデザイナーの深澤直人さんにこう言われたことがありました。「ナガオカケンメイは自分の個人的にやりたいことなのに、みんなに楽しくやらせるのが上手だよね」と。なんとも、褒められているのかそうじゃないのかわかりませんが、深澤さんはやはり、僕の「個人と社会のおにぎりスタイル」に気づいていました。

最新プロジェクトである「d news aichi agui」に至っては、資金調達はこれまでのように「個人の銀行借入」では行わず、町の人を中心にクラウドファンディングという方法で説明し、出資を呼びかけてつくりました。これも言ってみれば「個人的にやりたいこと」を「社会に向かって説明して資金を集める」わけで、要するに「個人的」なことだけでは共感は得られず、「社会的なこと」ばかりでは「夢がない」のです。そこにあるのは、もっと掘り下げると「それくらいなら出資してもいい」「それくらいの夢なら、なんだか自分ゴトに感じられる」という共感のスケールなんだと自分では思っています。

大きなことを大金とともに動かせる人は「誰にでも納得のいく書類」がつくれるのでしょう。けれど僕は、できたら口頭で説明したい派。最近は誰しもを納得させられる企画書を書くようなアイディアなら、実現しないほうがマシだとさえ思っています。変な表現ですが、自分の代わりに説明ができてしまうようなことなら、自分がやる必要がないわけで、まぁ、そういう意味で考えると中途半端な詐欺師みたいなものですが、とにかく「仲間」と「社会性」は常にセットで意識してきました。その、口頭で人に説得、説明する時の用語集みたいなものが、この本なのでは、と、まとめ上げた今になって思うのです。

さて、この本は約10年間、毎週火曜日に配信を続けてきた「ナガオカケンメイのメール」というメールマガジンの厳選集ですが、ここにも先ほどから話している「ナガオカ式発想と継続」があります。その継続には「蛤」（はまぐり）という不思議な事務所の葛城真と金谷仁美という2人がいます。僕がこのメルマガを始めようとした時、あるメルマガの事務局をしていた2人に相談しました。2人からは「誰でもできる仕組みだから、教えてあげるから自分でやっては？」と言われましたが、仮にそのとおり、誰にでもできることだとしても、僕のルールには反します。最初は頑張って自分でできるのかもしれませんが、「毎回続ける」には、「頑張れ！」とか「締め切りですよ」とか「すごい面白かった」とか言って、ずっとそばについていてくれる人がいないと続きません。

そこには人間関係もあったりして、2人の側にはこの人のメルマガなら、世話してあげたい、とか、僕側からは「この2人だったら長く続けられるかも」ということがある。つまり「メールマガジン」という定期メディアには、内容とは別の大切なことがあると、この葛城さん、金谷さんとつき合ってきて思うのです。

そう感じていたら、この本にもう1つのあとがきを、2人にも書いてもらおうと思いつきました。この原稿を書いている時は、それを2人に交渉している最中なので、実際に掲載されたらぜひ読んでほしいです。きっと書いてくれるはず（しかし、何度となく僕の変なこだわりから、気分を悪くさせてしまったことがあるなぁ……

よく続いてきました)。

ロングライフデザインという、デザイナーとしての僕の大きな社会的テーマには、「続く」という商品デザイン以外の事柄がじつはたくさんあります。それらには、例外なく僕と同じように「仲間」と「社会性」がある。かっこいい外見のデザインだけではない、機能を超えた共感や、続けて販売してあげたいとショップスタッフに思ってもらえる想いがあるわけで、「ナガオカケンメイのメール」はそのおかげで続いています。

最後になりましたが、僕の出版行為の「続く」にも、石黒謙吾さんという並走して見守ってくれる人がいます。そして「ナガオカケンメイの」シリーズすべてのブックデザインは、今回も寄藤文平さんです。お2人ともありがとうございました。いつか5冊目が出る時は、よろしくお願いします。そしてシリーズ2作目(1冊目は赤い表紙の『ナガオカケンメイのやりかた』)の出版元でもあり、今回の4作目にご理解を頂きました平凡社の下中美都さん、下中順平さん、担当して頂いた志摩俊太朗さん、ありがとうございました。平凡社を経営する下中家のリレー経営の続く中での2冊目ということもあり、嬉しく思っています。
今回も多くの仲間や関係してくださるみなさんのおかげで、メッセージを社会に、書籍の形で放つことができました。ありがとうございました。

デザイン活動家
ナガオカケンメイ

PROFILE

ナガオカケンメイ

デザイン活動家　『d design travel』 発行人

1965 年北海道室蘭市生まれ、愛知県阿《あ》久《ぐ》比《い》町《ちょう》育ち。日本デザインセンター原デザイン研究所設立に参加。1997 年、ドローイングアンドマニュアル設立。2000 年、D&DEPARTMENT PROJECT 設立。以降、「60VISION」 を発案、「カリモク60」 など復刻を超えたブランディングのスタイルを提言。ロングライフデザインを活動のテーマに、出版から商品開発までを行う。また 「情熱大陸」 「カンブリア宮殿」 「ガイアの夜明け」 などテレビ出演も多数。2013 年、毎日デザイン賞受賞。2020 年に、故郷である阿久比町にクラウドファンディングにより 「d news aichi agui」 を開業し店頭に立つ。著書は 『ナガオカケンメイの考え』 『ナガオカケンメイのやりかた』 『ナガオカケンメイとニッポン』 ほか多数。

STAFF
プロデュース・編集　石黒謙吾
ブックデザイン　寄藤文平 垣内晴(文平銀座)
写 真　ワタナベアニ
DTP　藤田ひかる(ユニオンワークス)
制 作　(有)ブルー・オレンジ・スタジアム
編 集　志摩俊太朗(平凡社)
協 力　「蛤《はまぐり》」葛城真　金谷仁美

ナガオカケンメイの眼
10年続くメルマガからの視点107

2023年9月14日　初版第1刷発行

著 者　ナガオカケンメイ

発行者　下中順平
発行所　株式会社平凡社
〒101-0051 東京都千代田区神田神保町3-29
電話　03-3230-6593(編集)
03-3230-6573(営業)
ホームページ　https://www.heibonsha.co.jp/

印刷・製本　図書印刷株式会社

ISBN978-4-582-62077-1